AF485078

* 9 7 8 9 7 7 6 8 6 7 3 5 2 *

1

دار حروف منثورة للنشر والتوزيع

الطبعة الأولى

الكتاب: مانشيت

المؤلف: أمل زيادة

تصنيف الكتاب: رواية

تصميم الغلاف: فريق الدار

تنسيق داخلي: فريق الدار

مراجعة لغوية: عبد المعز صفوت

رقم الإيداع: 10948 /2022م

الترقيم الدولي:

مؤسس الدار

مروان محمد

مشرف عام السلاسل

صفاء حسين العجماوي

Website: https://horofbooks.com
Fan page: http://facebook.com/horofsbooks
Email: info@horofbooks.com

هاتف جوال: 00201113006296 – هاتف جوال: 00201064054995

كتب حروف منثورة للجيب

سلسلة خيوط للمغامرات

مانشيت

العدد الأول

أمل زيادة

عبرت (لمار) طرقةً صغيرةً تفصل غرفتها عن باقي الشقة، متوجهةً للمطبخ وهي تقول لوالدتها التي تعد الطعام:

-الرائحةُ شهية، إني جائعة!..

ضحكت والدتها قائلةً:

- ثوانٍ وسيكون الطعام مُعدًّا.

فتحت الثلاجة وهي تتطلع للرفوف وهي تخرج عدَّة بيضات تناولتها أمها قائلةً بصيغة الأمر:

-انتظري بالخارج، تفسدين الأمر وتكسرين البيض كلَّ يوم!.

قالت لمار بتذمُّر مصطنع:

-ألا تريدين أن أساعدك، أنا الشيف لمار.

ضحكت أمها قائلةً:

- أعلم.. أعلم.

ثم تابعت مازحةً:

-عندما تتزوجين مارسي هوايتك في إهدار الطعام كيفما تشائين، لا سيما إحراقه أيضًا، ربما تقدمين برنامجًا للطهي على إحدى الفضائيات، أدعمك في هذا المشروع جدًا لكن بعيدًا عن مطبخي!.

"قالت كلامها بتهكُّمٍ واضح".

قالت لمار متظاهرةً بالغضب:

-أشم رائحة تهكُّم في كلامك يا أمَّاه.. هذه هي المرة الأولى التي أرى فيها أمًّا ترفض دخول ابنتها الوحيدة للمطبخ وتبخل عليها بإتاحتها الفرصة للنهل من معلوماتها المطبخية..

قالت والدتها ضاحكةً:

- نعم، لست كالأمهات، هيا يكفي أنك ماهرةٌ كصحفية.. لا يمكن أن تجمعي ما بين النقيضين.

حدقت بأمها لحظةً قائلة:

-النقيضين.. يا إلهي؟!
وغادرت المطبخ باسمةً قائلة:
ـ نجحت الخُطَّة كالمعتاد..

****

بعد قليل، التفت الأسرة حول المائدة وهم يتناولون الفطور، التقطت لمار الجريدة وهي تقول لأبيها بمرح:
ـأتدري يا أبي أنَّ رئيس التحرير لو علم أنَّ هناك من يحرص مثلك على اقتناء الجريدة بهذا الانتظام لأمر بمكافأةٍ مالية لي..
ضحك والدها وهو يتناول الطعام قائلًا:
ـ يا ابنتي يكفي أنك تعملين بهذه الجريدة وإلا لما كنتِ ترينها هنا تزين بيتنا.
قاطعته والدتها قائلةً:
ـألم تخبرها عن الملف الذي تحتفظ فيه بالحوارات التي تُنشر لها؟..
نظرت لوالدها بامتنانٍ قائلة:
ـأمازلتَ تحتفظ بهم يا أبي؟
وقامت من مكانها وهي تحتضنه وهو جالسٌ مقبّلةً رأسه.
قال (عمرو) معقبًا:
ـ لا أخفي عليكما، أشعر بالغَيرة!
تعالت ضحكاتهم وهم يقولون له:
ـ لهيب الغَيرة نكاد نراه من مكاننا يا عزيزي عمرو، هل نتصل بالمطافئ؟!
ضحك عمرو وهو يقبّل يدي أمه ورأس أبيه قائلًا:
ـ ألن نأكل؟! إذا طاوعنا لمار لقضينا وقتنا في التحدُّث والمشاعر الفياضة التي تغمرنا بها..
وغمز بعينيه لها ممازحًا..

عادت لمار لمكانها وهي تقول:
ـ سأدعك تأكل بالطبع فأنا أدرك أنَّ جهازك الهضمي منظَّمٌ وعلى موعدٍ محدد مع الوجبات الصحية أيها النباتي..
قال وهو يتناول عصير الخضروات الطازجة التي تعده والدته له كلَّ وجبة مع عصير الليمون:
ـ دعكِ مني أيتها المتوحشة آكلة اللحوم!..
قالت ممازحة: ألا تملُّ من تناول الخضروات؟!
قال وهو يلتهم طبق السلطة الذي يغلب عليه اللون الأخضر:
ـلا أمل من النقاء، الأغذية الصحية لا يُملُّ منها، أتمنى أن تقاطعي النشويات والمقليات، كل هذه اللحوم مطهوة بدهونٍ مهدرجةٍ ضارة؛ جرِّبي أن تأكليها مسلوقةً أو مشوية.
قالت وهي تلتهم ما أمامها بشهية:
ـوهل يعدُّ الطعام طعامًا دون أن يتم تحميره أو قَليه؟! تبدو كالمطرود من الجنة بأكلك النباتات!.
قال عمرو باسمًا:
ـأنتِ مخطئةٌ، تناوُل الخضروات هو السبيل الوحيد للعيش بصحةٍ والتنعم بالجنة للأبد.
تدخلت أمهما في الحديث قائلةً:
ـأبنائي لا يُطردون من الجنة، أبنائي هم جنتي على هذه الأرض.
ضحك الجميع في حين التقطت هي الجريدة من أمام والدها، وأخذت تطالعها باهتمامٍ أثناء التهامها للطعام؛ ثم ما لبثت أن هتفت بذعر: ماهذا؟!
التفت إليها الجميع متسائلين،
في حين أكملت هي بصوتٍ مرتفع:
"نجاة المطرب (هادي شمس الدين) من حادثٍ مروِّع"!

قال عمرو:
ـ هل الأمر حقيقي أم تراه فبركةً صحفية؟
قالت وهى لا ترفع رأسها عن الجريدة وتواصل القراءة باهتمام:
ـ يبدو حقيقيًا هذه المرة للأسف.
قال عمرو بأسف:
ـ حقًا، وهل هو بخير؟
ردَّت وهى تواصل القراءة:
ـيقولون أنه نجا بأعجوبةٍ!
قال عمرو:

ـ حمدًا لله، فهو من الفنانين الموهوبين والمميزين حقًا، موهبةٌ صعب أن تتكرر في زمننا هذا، يتمتع بموهبةٍ حقيقية، له صوتٌ رخيم وقوي، أتمنى أن يتخطى هذه الحادثة ويتعافى ويعود لجمهوره.

ثم مال عليها هامسًا:
ـ أعلم أنك من أشدِّ المعجبين به.
تابعت قائلة:

ـ حمدًا لله أنه بخير وفقًا للمكتوب، المدهش والمثير للريبة أنهم لم ينشروا تفاصيلَ الحادث على خلاف العادة؛ دائمًا في مثل هذه الحوادث تفرد الصحف والمجلات صفحاتها أمام السيناريوهات، ويتقمَّص الجميع دور المحقق (كرومبو)، ويبدأون في تحليل الصور وربط الأحداث ومراجعة التصاريح في محاولةٍ لربط الأحداث، لماذا هذا التعتيم؟!

قال عمرو ببساطة:
- ربما كان حادثًا عاديًا.
مطت شفتيها قائلةً بغير اقتناع:
-ربما.. لا تنسَ أنَّ هادي فنانٌ له ثِقله الفني، ليس من المنطقي تجاهل حادثٍ بهذا الحجم! لست أدري، أشعر أنَّ هناك شيءٌ آخر.. هؤلاء القوم لديهم منافسون وأعداء مستترون.
تابعت قولها وهي تقطب حاجبيها بتساؤل.
حدَّق بها غير مستوعبٍ ما تقول:
- أنت تهولين من الأمر..
قالت باستسلامٍ:
- أتعتقد ذلك؟!
ثم استطردت قائلةً:
-بكلِّ الأحوال أفكِّر بصوتٍ مسموع معك لا أكثر.
التقط والدها الجريدة من يدها قائلًا:
- دعينا من فنانك هذا أكملي طعامك..
ابتسمت والدتها وهي تضع أمامها الخبز قائلةً بجديةٍ محذرة:
-هذا وقت العائلة، لا تجبروني على إعادة تطبيق قوانيني الحازمة وعلى رأسها منع تصفُّح الجريدة أثناء تناول الطعام.
تناول الجميع الإفطار وهم ينظرون إلى بعضهم البعض ضاحكين من صرامة الأم المزيَّفة.!
****

قاد عمرو السيارة وهو يتحدث مع لمار قائلًا:
- ماذا ستفعلين؟! أعلم أنَّ الحادث لن يمر مرور الكرام بالنسبة لكِ؟
ضحكت قائلة:
- يخيفني أنك تقرأني!.
قال باسمًا:
- إذن صدق حدسي!
هزَّت رأسها موافقةً ثم قالت متابعةً:
- لا أخفي عليك، لستُ مقتنعةً بالأسباب المنشورة.
قال:
- أفهم من هذا..
قاطعته قائلةً:
- أنني سأقوم بزيارةٍ خاطفةٍ له.
قالت جملتها وهي تتطلع للهاتف وتقرأ أخبار الحادث عبر أكثر من منصَّةٍ إخبارية.
في حين أدار عمرو المسجل وهما يستمعان لصوت فيروز الملائكي، قالت متنهدةً بقوة:
- أخبرك سرًّا.. لا أستطيع تخيُّل الحياة دون موسيقى وأصواتٍ رقيقة رخيمة تبثُّ الحبَّ والدفء والسلام في القلوب قبل النفوس، هؤلاء المطربون سفراء السلام في الكون دونهم تسود الكراهية.
تابعت حديثها برومانسية:
- هل سبق وتخيَّلت الحياة دون موسيقى ـ رسم ـ تمثيل ـ كتابة ـ أشعار؟.
قال عمرو:

ـلم أفكِّر إن شئت الحقيقة؛ لكن أعتقد حياتنا دون هذه الأشياء الهبات الربانية حتما ستكون رمادية، الفنون تنقي النفس، تهذِّب الروح مثلها مثل العبادات، مع الفارق طبعًا.
قالت متفهمةً:
ـ أتفق معك في كلِّ حرفٍ، هذه الهبات منحٌ ربانية اختصها المولى لبعض عباده المحظوظين، كم أشعر بالغِبطة تجاه هؤلاء المميزين المختارين لتبليغ هبات المولى للآخرين!.
قالت جملتها وأغمضت عينيها وهي تستمع لصوت فيروز وهي تشدو قائلةً: ياطير
"يا طير يا طاير على أطراف الدني
لو فيك تحكي للحبايب شو بني، يا طير، يا طير
روح إسألهن عاللي وليفه مش معه
ومجروح بجروح الهوى شو بينفعه
موجوع ما بيقول عاللي بيوجعه
وتعن عباله ليالي الولدني يا طير
يا طير يا طاير على أطراف الدني
لو فيك تحكي للحبايب شو بني يا طير، يا طاير"
توقفت السيارة أمام مبنى الجريدة، هبطت برشاقةٍ قائلةً بمرح: أشكرك على كلِّ شيءٍ، استمتعت بحديثي معك!. ودَّعها وانطلق مغادرًا المكان متوجهًا لشركته، اعتاد عمرو أن يوصلها لمقرِّ الجريدة كلَّ يومٍ أثناء ذهابه لمكتبه الهندسي الذي يقع في وسط القاهرة في شارع رمسيس.
****
في اليوم التالي رافقته للعمل هي و(نورا) صديقتها الوحيدة..
قال عمرو موجهًا حديثه لأخته:
ـ كيف حال العمل معكِ؟

- كل شيءٍ يسير وفق ما خططت له، اطمئن أختك موظفة ملتزمة وبلا غرور.. ماهرة..

ابتسمت نورا مؤيدةً ما تقول، في حين ضحك هو قائلًا:

- يروقني تواضعكِ بالطبع!

ثم استطرد قائلًا:

- لابد أنك ستغطين موضوع حادث المطرب

قالت بجديَّةٍ وهي تتبادل النظرات مع نورا وكأنها تطلب منها الدعم؛ فهي تعلم أنَّ أخاها سيرفض وأنَّ نورا الشخص الوحيد القادر على التأثير عليه دون بذل المزيد من المجهود:

- بالطبع، إذا أردت الحقيقة أنا أنوي القيام بزيارةٍ خاصةٍ بعيدًا عن العمل، أهتم لأمره كثيرًا.

بدا على وجهه الضيق، لكنه لم يستطع الاعتراض ليقينه أنها لن يهدأ لها بالٌ إلا إذا نفَّذت ما في ذهنها وتقصت عن الحادث، فقال:

- حسنًا كما تشائين، وإن كنت أعتقد أنك لن تتمكني من رؤيته لأنك لن تتمكني من تخطي الحراسات الخاصة التي قطعًا ستكون مشدَّدةً عقب الحادث..

قالت بحماس:

- أعلم لكني سأحاول، لا ضيرَ من المحاولة.. أليس كذلك؟

ألقت سؤالَها وهي تلقي نظرةً على نورا التي تدخَّلت قائلةً:

- إذا وفِّقتْ في هذا الأمر وكشف تفاصيله ستفتح أبواب المجد الصحفي أمامها.. ونجاحها نجاحٌ لكل أبناء جيلنا أليس كذلك؟
ضحك عمرو قائلًا:
-راقني مبررك..
ثم تبادل مع أخته نظرة هامسًا:
- لا داعي لكل هذه المقدمات والوساطات، تعلمين أنني أدعمك ومعك دائمًا.
قبلته قائلةً بسعادة:
- وأنا لا أشعر بالاطمئنان إلا بوجودك.
ودعهم عمرو وتابعهما بنظره وهما تعبران الطريق متوجِّهتين لمبنى الجريدة.
قائلةً بمرح:
- يومًا ما سأسدد ديوني وسأريحك من صحبتي، في حالةٍ واحدة فقط كما تعلم!.
أكمل هو ونورا كلامها بمرح:
''أن يسمح لي والدي بشراء سيارةٍ أو سكوترٍ.. وهذا بالطبع من خامس المستحيلات!''..
انفجرت ضاحكةً وهي تصفق بيديها بطفولةٍ قائلةً بمرح:
-ممتاز، من الجيد أنكما تعلمان حقيقة الوضع.
لوَّح لها عمرو مودعًا قائلًا:
- يومٌ سعيدٌ ياجميلات الصحافة المصرية.
في مكتبها أخذت تبحث عبر شبكة الإنترنت عن أي شيءٍ متعلقٍ بالمطرب والحادث الذي تعرض له، لم تجد إلا أخبارًا

مُبهمة عن الحادث مما أثار فضولها وأيقظ حسَّ الصحفي بداخلها، فعزمت أمرها وقررت القيام بزيارته في المستشفى.. أقبلت نورا مخلِّفةً جلبةً كالمعتاد وهي تتحدث في هاتفها المحمول بصوتٍ مرتفعٍ محدثةً أخاها بعصبيةٍ قائلةً:

ـ حسنًا.. حسنًا، سأتصل بك بمجرد انتهاء يومي، أجل وصلت توًا للمكتب.. نعم جئتُ مع لمار..

قالت لمار:

ـ أين اختفيتِ؟

قالت نورا:

ـقابلتني (جيهان)، احتجزتني في مكتبها ولم تعفُ عني وتطلق سراحي إلا بعد أن أخبرتني عن تفاصيل زفاف ابنها ومغامراتها العائلية..

ـ سأطلب مشروبًا، هل أحضر لكِ شيئًا محددًا؟

قالت لمار:

ـ قدحًا من الشاي..

شكرتها لمار بإيماءةٍ من رأسها وهي تراقبها وهي تحدث نفسها ساخطةً بانزعاجٍ قائلةً:

ـلستُ أدري ما سرُّ كل هذا الاهتمام الذي يبديه أخي هذه الأيام؟

قالت لمار بمرح:

ـتبًا لنا معشر النساء، إذا اهتم آدم بنا نتعجب وإذا تجاهل نستنكر، كان الله في عونكم معشر الرجال..!

ضحكت نورا قائلة:

ـ كالمعتاد تقفين معه ضدي؟؟

ـ أقف مع الحق يا عزيزتي

وعادت لمطالعة شاشة الحاسوب باهتمامٍ شديد:

ـ ما هذا، أعرف تلك النظرة جيدًا..

قالتها نورا وهي تتطلع لشاشة الحاسوب التي تواجه لمار، ابتسمت لمار قائلةً بتساؤل: ماذا؟

ردت نورا بمرح:

- قلبي يحدثني أنك تنوين القيام بشيءٍ ما.
- قالت لمار دون أن تبعد نظرها عن الشاشة:
- أنتِ محقَّة، يزعجني الحادث الذي تعَّرض له المطرب "هادي شمس الدين".

قالت نورا ممازحة:

- هادي، هذا لأنه مطربك المفضل بالطبع!

قالت لمار بهيام وانحيازٍ تام:

- هادي ليس فنانًا عاديًا؛ فأنا أسيرته، أعشق نبرة صوته وإحساسه العالي الذي يغنى به أغانيه، لا أتخيل الحياة دون ألحانه وصوته الدافئ عنوان الحب والسلام.

ثم تابعت بجديةٍ وباهتمام:

- هل تعتقدين أنه رومانسيٌّ وحالم في الحقيقة؟

ضحكت نورا قائلة:

- مَن يسمعك تقولين هذا يعتقد أنك فتاةٌ في الخامسة عشرة، مراهقة تفكِّر بعاطفتها، يا عزيزتي هذه كلمات أغانٍ وتمثيل، هذا عمله لابد أن يؤديه على أكمل وجه، وهو إحقاقًا للحق فنانٌ مجتهد ومميز.

قالت لمار غير مقتنعةٍ بما قالته نورا:

- لا أتفق معك وأسجِّل اعتراضي في وصفي بالمراهقة؟!

ما بها المراهقة؟ مشاعر المراهقة أنقى مشاعر، حبُّ المراهقة أكبر تأثيرًا فينا وفي الآخرين، حب المراهقة يعيش للأبد لنقائه وصدقه.

تابعت بجديةٍ وهي تمطُّ شفتيها غير متقبلةٍ كلمات نورا قائلةً ببساطة:
- لا..لا.. ليس هادي، هادي مطربٌ نادر..
قالت نورا:
- حسنًا أعتذر، هل علمتِ ما سبب الحادث؟
قالت لمار بضيق:
- لست أدري، يقولون: حادثٌ مروع وغامض، لكنه بخير، حمدًا لله، وهذا ما يهم على الأقل في الوقت الحالي..
أخذت تفكر قليلًا وعزمت أمرها على التوجه للمستشفى، استأذنت من نور قائلة:
- سأمرُّ على المطبعة لرؤية الطبعة الأولى، وداعًا..
قالت نورا:
- لماذا لا ترينها على الجهاز في صورتها الديجتيال؟!
قالت لمار:
- رأيتها لكني أفضل المرور والإشراف بنفسي؛ أحب رائحة الورق وأعشق صوت دوران الماكينات..
قالت نورا:
- جولةٌ ممتعة.. وداعًا..

****

أتمت جولتها في المطبعة وراجعت النسخة التجريبية من الجريدة مبديةً بعض الملاحظات، ثم غادرت الجريدة متوجهةً لمنزلها وفتحت دولابها وأخرجت بعض الأغراض كانت تستعملها في عملها عندما كانت تقوم بعمل بعض التقارير الصحفية التي تستلزم تنكرًا مجاراةً للشخصيات التي ستكتب عنهم، توجهت للمستشفى الذي يوجد به هادي وهناك ارتدت

ملابس ممرضةٍ ودخلت غرفته بسهولةٍ رغم الحراسة التي تقف أمام غرفته، وجدته يرقد نائمًا ووجهه به عدَّة جروح وكدماتٌ كثيرة، وعصابةٌ كبيرة تلف رأسه، اقتربت منه وتطلَّعت لملامحه لحظةً وشردت وهي تتنهد بقوةٍ، مشفقة عليه وهي تتذكر كيف يشعل المسرح بأغانيه العاطفية الرقيقة، ألقت نظرةً على الأجهزة المتصلة بجسده ونظرت إلى المؤشر الذي يراقب نبضات القلب، اختلج قلبها لمظهره المؤلم وشعرت بدقات قلبها تتعالى قائلةً:

ـيا إلهي يبدو أنَّ الحادث كان عنيفًا!

عادت تتطلع لملامح وجهه بشغفٍ، ولهفةٍ، وهيام فتاةٍ عشرينية تعشق مطربًا وتراه للمرة الأولى، هزت رأسها بعنفٍ هامسة

''أفيقي يا هذه، كفي عن تصرفات الأطفال هذه''!

رددت:

ـحمدًا لله أنك بخير

فتح عينيه بضعفٍ وتمتم بكلماتٍ غير مفهومة، شعرت بالارتباك وهي تدنو منه هامسةً:

‑ ماذا تقول؟!!

لكنه غاب عن الوعي مرةً أخرى.

زفرت بضيقٍ وربتت على يده قائلةً: ستتعافى.

حاول فتح عينيه مرةً أخرى، تطلع إليها لحظةً ثم بدأت صورتها تتلاشى... ومطت شفتيها بحزنٍ وهي تعتزم مغادرة الغرفة، تناهى لمسامعها صوت أقدامٍ تقترب من غرفته، تلفتت حولها بارتباكٍ قائلة: ماذا أفعل؟!

وبدأت خطوات الأقدام تقترب أكثر فأكثر، ودخلت الغرفة، أسرعت تلتقط التقرير المعلَّق على السرير وهي تلتفت

17

للشخص الذي دخل الغرفة قائلةً بثباتٍ وحزم عندما وجدته شابًا توقعت أن يكون قريبًا له أو مدير أعماله:
ـسيدي، لو تكرَّمت غير مسموح بالزيارة الآن.
نظر إليها الشاب لحظةً بتمعنٍ متجاهلًا ما تقول، موجهًا حديثه لفردٍ آخر كان برفقته:
ـعجبًا، أبلغتنا الإدارة أنه استعاد وعيه؟!
تدخلت في الحديث موضحةً:
- لقد استعاد وعيه بالفعل؛ لكن اضطررنا لحقنه بالمزيد من المسكِّنات حتى تستقر حالته تمامًا.
قال الشاب الأول للآخر:
- حسنًا، سنمرُّ عليه مساءً، ربما شعر بتحسُّنٍ ونأخذ رأيه في موضوع تغير الحراسات..
قال كلماته لمرافقه الذي أكَّد على ضرورة إتمام هذه الخطوة وبسرعة.
- افعل ما تجده في الصالح يا جمال، هذه مهمتك كمدير أعمال، لا نريد تكرارًا للأخطاء، لا تدع الأمر يتكرر فربما لن تكون هناك نجاةٌ في المرة المقبلة لا سمح الله..
- هل تابعت تحقيقات النيابة؟
- لا جديد؛ لكننا جميعًا نعلم مَن وراء هذا الحادث.
قال جملته وهو يغادر الغرفة برفقة مَن معه.
تظاهرت هي بأنها تتصفح أوراق تقريره وهي تحدِّث نفسها قائلة:
"صدق حدسي، هناك سرٌّ وراء الحادث، الحادث متعمد".
وشعرت بقلبها يرتعد من فكرة تعمُّد أذية شخصٍ تصل حدَّ القتل مهما كان مبرره ودافعه، الروح أمانة الله في الأرض، وليس

من حقّ أي مخلوقٍ إزهاق روح أحد، "الحادث مدبر.. لصالح من اختفاء هادي؟!"

واصلت تساؤلاتها حول الحادث..

"هل دافعه الكُره أم الغيرة؟"

ألقت نظرةً عليه وهو غائبٌ عن الوعي أمامها، وبدت وكأنها تتحدث معه وتناقشه في شكوكها قائلةً بصوتٍ مسموع..

ـ الكُره يعني أنه كان يسبقه حبٌّ بشكلٍ ما، هل أشمُّ رائحة انتقامٍ أنثوي في الأمر؟ هل تقتل حواء حبيبها؟!

أرفض هذا الاحتمال لكن لا أستبعده أيضًا.. فأخباره ونزواته تحتل العناوين كل يومٍ. ماذا لو كان الأمر له علاقة بنوعٍ آخر من الغيرة.. الغيرة الفنية؟!

الغيرة.. لا يوجد سببٌ آخر، فالمجال الفني رغم أنه يتسع للجميع؛ إلا أنه وسطٌ عجيب كعالم البحار شأنه شأن أي مجال، الكبير يأكل الصغير، بخلاف أنه ليس كلُّ من وقف خلف الميكرفون يستطيع مخاطبة القلوب كهادي..

ألقت نظرةً أخيرة عليه اختلج معها قلبها لهيئته ولكدمات وجهه التي جعلتها تشعر بمشاعر متضاربةٍ تجاهه، ما بين حبٍّ وشفقةٍ ورغبةٍ عاتية في التربيت على كتفه، محاولة بثّه الاطمئنان والحب، بعضٌ من فيضٍ ما تشعر به عندما تستمع إليه أثناء غنائه.

عادت لمنزلها وهى تفكّر فيما سمعته وطرأت على ذهنها فكرةٌ مجنونة لكنها ابتسمت قائلة:

ـ لو حدث ما أفكّر فيه ستكون أجمل مغامرةٍ صحفية أقوم بها!.

وبدأت التنفيذ على الفور؛ توجَّهت لغرفة أخيها عمرو، تطلعه على ما تريد بشكلٍ مباشر وبكلماتٍ حاولت أن تكون منمقةً وجدية:
(أريد أن ألتحقَ بطاقم حراسات هادي الخاص)!
- أجننتِ يا ابنتي؟!..
قالها عمرو وهو يتأمَّلها بذهول..
قالت بإصرارٍ:
- أرجوك وافق، سيكون أكبر تحقيقٍ صحفي أقوم به..
قال غير مقتنع:
- هذا سيتطلَّبُ منكِ بذل الكثير من الجهد؛ لأنَّ عملكِ مع المطرب سيتعارض مع مواعيد تواجدكِ في الجريدة، إذا وفَّقتِ بينهما كما تقولين، هل تستطيعين التغلُّب على عقبة التعامل مع هذا الوسط ومرتاديه من روادٍ؟ نحن لا نعلم عنهم شيئًا، ثم إننا لا نعلم أين تكون حفلاته ولا نوعية الجمهور الذي يتعامل معه، ثم يا ابنتي هذا الشخص مستهدفٌ لسببٍ مجهول، نجا بأعجوبةٍ من محاولة قتل، انسي هذا الأمر، أنا أرفض تمامًا.
قالت برجاءٍ:
- أرجوك..أرجوك وافق، تعلم أنني لن أستطيع التحرُّك قيد أنملةٍ دونك ودون دعمك؛ خاصةً أنَّ العمل يستلزم السهر خارج المنزل، كيف بالله عليك سأفسِّر لوالدينا ذلك؟! أعدكَ أن يكون آخر طلبٍ أطلبه منكـ صدقني ليس الفضول من يحركني هذه المرة؟! أريد أن أحسم الأمر مع قلبي؟ ألا تعرف أنني عازفة عن الارتباط بسببه؟ على الأقل أعرف حقيقته عن قربٍ وليس من خلال وسائل التواصل الاجتماعي.
قال بنفاذ صبرٍ غير مقتنعٍ بكلامها:

- وماذا لو كان بخلاف ما يكتبون؟ هل ستستمرين في حبه من طرفٍ واحد؟ تربطين حياتك ومستقبلك بشخصٍ لا يعلم بوجودك حتى؟ أرفض تمامًا، دون المزيد من النقاش؛ أما حجَّتك في التعرُّف عليه عن قرب حجةٌ ساذجة لا تنطلي عليَّ؛ أعلم أنك تقولين ذلك كي أوافقك فقط، فكنا ننبهر بالصورة من الخارج تمامًا كانبهارنا بغلاف مجلةٍ ومحتواها فارغ.

قالت بحزن:

- لا، أنوي حقًا وضع حدٍّ لهذه القصة، لا يمكن أن أظلَّ هكذا كلما شارفت على بدأ خطبةٍ يظهر شبح هادي أمامي فأغيِّر رأيي.

نظر إليها لحظةً وبدأ يقتنع بكلامها..

- هل هذا قولك؟

قالها بعد لحظة تفكير؟!

تابعت منتهزةً الفرصة قائلةً بحماس:

- بالطبع يا عزيزي، أريد أن أبدأ حياتي من جديد، عن اقتناع وليس وفقا لما سمعت أو ما تردَّد.

قال وهو يحكُّ ذَقنه بأصابعه:

- وماذا عن مواعيد الجريدة؟

ردَّت بسرعةٍ:

- لا تقلق بخصوص هذا الشأن، سأحاول إيجاد حلٍّ مناسب؛ سأتمكن من التوفيق بينهما، وأرتِّب وقتي.

قال بتردد:

- لست أدري لماذا أشعر بالقلق من هذا الأمر؟ لا أريدك أن تنخدعي أكثر، أخشى عليكِ من المواجهة، أشفق

عليكِ من وقع الحقيقة! ماذا لو كان كما يُقال عنه في الصحف؟ هل ستتقبلين هذا الأمر بسهولة؟ ماذا لو تكرر حادث الاغتيال مرةً أخرى؟ أنتِ أختي الوحيدة، أنتِ روحي.. بدونك أموت!.

قبّلته بدلالٍ قائلة:

- وأين ذهبت؟هل ستتركني بمفردي؟! لا أظنّ.

ضحك قائلًا:

- تريدين توريطي معكِ في مهمتكِ الجهنمية!.

ثم استطرد ممازحًا:

- لست أدري أين شاهدت هذا السيناريو من قبل؟! شخصٌ عادي يتنكر في صورة حارسٍ خاص لشخصية مشهورة، لقد تمَّ هرسه عشرات المرات في السينما العربية والأجنبية..

تابعت باعتدادٍ بنفسها..

- راقب نسختي الخاصة جدًا، والمختلفة جدًا أيضًا..

تنهد بقوة قائلًا:

- حسنًا، أمام حماسك هذا لا أملك إلا..

وأكمل بحروفٍ متقطعة.. ال مو اف قة!.

قفزت محلها كالأطفال وهي تقول بسعادةٍ:

- هكذا تكون الاتفاقات!

ثمَّ تابعت بجديةٍ:

- أعدك أنها ستكون الأخيرة.. لن أكرر هذه المغامرات..

قال بجدِّيةٍ وبلهجةٍ تحذيرية:

- اعلمي أنك ستكونين في مكانٍ يؤهلك للاطلاع على تفاصيل حياته الخاصة، قد لا يرغب في نشرها، ليس كلُّ ما تريه يصلح للنشر.. ثم الوضع مع هادي

يختلف تمامًا عن أي شيءٍ مشابه سبق وقمتِ به؛ أنتِ هنا لست بصدد الكشف عن قضية تزويرٍ في مؤسسة حكومية، أو ذبحٍ غير مشروع كما فعلت في تقرير المذبح.. ولا قضية تهريب آثارٍ كقضية المخازن.. أنت هنا مع شخصٍ من لحمٍ ودم له جمهور يقف وراءه لن يصدّق كلَّ ما يُقال، وهو اعتاد التعامل مع هذه النوعية من التقارير والأخبار.. لابد أن تبحثي عن المختلف، عن المميز في حياته بحياديةٍ ودون محاباةٍ، وبمصداقية أيضًا، مهمتك كشف سرِّ حادثه المميت فقط، من وراء هذا الحادث لا شيء آخر..

هزت رأسها موافقةً على ما يقول، ثم قالت بجدِّية:
ـ هذا يعني أنكَ معي؟.
-     لم تتركي لي أي خيارٍ آخر!..
شكرته كثيرًا وهي تُغدق عليه بالكثير من المشاعر وكلمات الحب والعرفان..
قالت: سأترك مهمة إقناع أمي لك؟!
قال بجدية:
-     لا تقلقي، هذا الأمر عندي، جهّزي أوراقكِ وسأتحدث مع أحد أصدقائي كي يزرعنا وسط حراساته، لنرَ إلى أين يقودنا شغفك هذا؟!
-     يقودنا لأمور جيدة بالطبع..
أشكرك، أشكرك.
وتعلَّقت برقبته كطفلٍ مدلل ممتنٍّ من والده بعد أن تحصل على مراده..

غادرت الغرفة وهي تتنهد بقوةٍ قائلة:
- الآن يبدأ العبث.. لا الآن يبدأ العمل!.
في غرفتها أخذت تعمل بسرعةٍ ومهارةٍ على جهاز الحاسوب وهي تعدُّ الملف الذي به معلوماتٌ عنها والذي سيرسله عمرو لرفيقه، فردت الملابس على السرير وجلست خلف شاشة الحاسوب وهي تُدخل صورتها على إحدى التطبيقات الخاصة بتغير الشكل، وأخذت تختار أنسب الأشكال إليها، طبعت الصورة وأعدَّت هويةً وأرفقت الصورة بملف التقديم، أغلقت الحاسوب ووقفت أمام المرآة وقصَّت شعرها وأخذت تعيد تهذيبه بعنايةٍ وألصقت شاربًا ولحية! وأخذت تنزعها وتغيرها وهي تطالع مظهرها أمام المرآة وهي تضحك قائلة:
- عذرًا أستاذ كريم عبد العزيز، نعم أقلدك في فيلم ''الباشا تلميذ''! الموضوع هامٌّ و يستحق المجازفة؛ ليس لأنَّ هناك حادث غامض فقط؛ بل لأنه خاصٌّ بحُبِّ عمري، مطربي المفضل!...
شردت لحظةً وهي ترِدِّد:
''تُرى كيف سأنظر لعينيه؟ كيف سأتحدث معه؟ كيف سأتخطى مشاعري وإعجابي به؟
سيدرك حتماً أنني فتاةٌ من الوهلة الأولى.. العشق يفضح صاحبه وأنا عاشقةٌ لصوته وأسيرة إحساسه، ما بالك عندما أكون قريبة منه وأتنفس نفس الهواء ونتناقش!''..
تسارعت دقات قلبها وهي تقول:
'' مهلًا..مهلًا، اهدئي أنت في مهمة عمل.. لا وقت للحب، ثم الجميع يعلم أنَّ حياة الفنانين فوضى صاحبة مليئةٌ بالمعجبين والمعجبات، وأنت تغارين من نسمة الهواء إذا لمست من تحبين، كيف ستتقبلين هذا الوضع؟!''

ابتسمت لأن هذا الحديث يدور داخلها:

"مهلًا أيها القلب، دع العقل يتحدث ويوقظني، يعيد اتزاني وهدوئي".

تابعت وضع لحيةٍ بنيَّةٍ مرةً وسوداء مرةً أخرى، كثيفةً مرة وخفيفة مرة، استقرت على آخر صورةٍ مقرَّبة منها وتلائمها، اتسعت ابتسامتها وهي تنظر إلى نفسها في المرآة وهي تدعو الله أن يوفقها في تلك المهمة الجديدة، وأخذت تبحث على الإنترنت مَن هو أكثر منافسي المطرب؟ وتوصَّلت لعدة أسماء وأخذت تفكر قائلةً بصوتٍ مرتفع:

ـمَن منكم كان المتسبب في الحادث يا تُرى؟

في الصباح ناولت عمرو الملف قائلةً:

ـالأوراق جاهزة.

-   لا تضيعين وقتًا!.

-   قبل أن تخلو بنفسك و تفكر مليًا وتحاول إقناعي بالعدول عن قراري وتهوُّري!.

قالتها بمرح حتى توضح له أن قراره صائبٌ.

-   حسنًا، لا أملك إلا الاستسلام أمام هذا الحماس، والموافقة ودعم هذا الأمر سرًا، إذا علم والدانا ستكون نهايتنا في هذا البيت.

قالها عمرو همسًا خشية أن تستمع أمهما لحديثهما.

-   اطمئن لن يعلما شيئًا أعدك، لن أجعلهم يشعرون بأي شيءٍ، كن متأكدًا.

-   سأتحدث مع صديقي الذي حدثتك عنه حتى يضع ملفينا بين المرشحين، لا ينشغل بالكِ، اعتمدي عليَّ في هذا الأمر.

قبَّلَته من جبهته بسعادةٍ وتوجهت لتناول الإفطار برفقة والديها هاتفةً بسعادةٍ ومرح:

- أنت ملاكٌ يا أخى هنيئًا لمن ستتزوجك.

نظر إليها باسمًا ثم قال لها:

-بلغيها سلامي!

وودَّعها وتركها تكمل تناول الفطور بصحبة والدتها التي انضمت لها بعد أن غادر المنزل ثم قالت:

-ما الأمر؟

قالت لأمها ببساطةٍ:

-لا شيء يا أماه، الأيام القليلة القادمة سأكون مشغولةً جدًا أنا وعمرو في المساء لأنَّ لدينا عملٌ مشترك.

قالت والدتها:

- مادام مع أخيك سأكون مطمئنةً.

قالت باسمةً وهي تُنهي تناول فطورها:

-اطمئني سيكون معي.

****

في مكتبها في الجريدة قالت لصديقتها نورا بجدية:

- سأطلعك على سِرّ.

ثم سردت عليها ما تنوى القيام به، حتى تغطي على غيابها في حال لاحظ أحدٌ ذلك.

- انتبهي هذا الأمر سيكون مرهِقًا نفسيًا وجسديًا، سيتطلب منكِ بذل المزيد من الجهد.

- لا تخافي.. أنا أتدبر أموري جيدًا وإن شاء الله لن يخذلني الله مادام ما سأقوم به يخدم مهنتي؛ فأنا لا أسعى لمجدٍ شخصي بقدر البحث عن الحقيقة وسِرّ هذا الحادث الغامض.

- وفقكِ الله، تعلمين أنني أدعمك على طول الخط.

قبَّلتها لمار وهى تقول:

ـدعواتك، سأنتظرك في المساء، أريد أن أستفيد بخبراتك ونصائحك قبل بدء تنفيذ المهمة.

- لا أستطيع الرفض بالطبع.

قالت جملتها باسمةً..

ثم تابعت بارتباكٍ:

ـهل سيكون عمرو موجودًا؟

- بالطبع وسيسعد كثيرًا لوجودك.

ثم مالت عليها.. هامسة:

ـ بالمناسبة يبلغك تحياته!

نظرت إليها نورا بخجلٍ وابتسمت دون تعليق، تعلم لمار أن عمرو معجب بنورا، وتربطهما قصة حب رقيقة.. كان لها الفضل الأول بعد الله في تعريفهما ببعض، فهي دائمًا ما تثني عليه أمامها وتحكي لها عن مواقفه التي تتميز بالجِدِّية والشهامة؛ مما جعل الحُب يشق طريقه بين قلبيهما بمنتهى الهدوء والثقة، وبالمثل كانت تحكي لأخيها عن نورا وعن آرائها الشجاعة وعن دعمها الدائم لها؛ فهي تعتبرها أختًا وليست صديقة فقط، نورا من أوائل الشخصيات التي تعرَّفت عليها منذ انضمت للجريدة، ترى أنها الجزء المكمِّل لها؛ فهي تمثّل صوت العقل عكس لمار التي تعتبر مرادفًا للاندفاع والشجاعة والتصميم والإرادة والعاطفة، عمرو دائمًا ما يخبرهما أنه مطمئنٌ لصداقتهما ويتمنى أن تدوم للأبد لأنهما شخصياتٌ نقية تكمل كلًا منهما الأخرى.

في المساء تأنق عمرو على غير العادة، وقف أمام المرآة وهو يهذِّب شعره باسمًا متخيلاً لقاءه معها، ودق قلبه لمجرد الخاطر، فعندما نحب تفضحنا أدق تفاصيلنا!.. تساءل للحظةٍ "هل يمكنها سماع دقات قلبي التي تطرب لرؤياها كل مرة؟!" انتشله من شروده وسعادته اللحظية صوت جرس الباب، تهللت أساريره وهو يفتح الباب بنشاطٍ وحماسٍ..

بمجرد أن فتح الباب أشرق وجهه بابتسامةٍ وقال بسعادة لم يحاول إخفاءها:

ـماهذه المفاجأة الجميلة؟ حللتِ أهلًا!.

وأفسح لها الطريق

صافحته نورا بخجلٍ قائلة: مرحبًا

-     مليار مرحبًا، افتقدتك كثيرًا!!.

ردت باسمةً بخجلٍ:

ـسنتقابل كثيرًا الفترة القادمة..

قال بسعادةٍ وهو يضغط على حروف كلماته:

ـ لو كنت أعلم أنَّ لمار والاتفاق معها سيجعلني أراكِ كثيرًا لوقَّعت معها عقدًا منذ زمن..

قاطعهم صوت لمار وهي تضحك ممازحة:

ـ أعتقد أني سمعت اسمي!.

ضحك الاثنان وهما يلتفتا إليها.

-     هل أقاطع شيئًا؟!

ابتسمت نورا بخجلٍ في حين قال عمرو بضيق:

ـإطلاقًا!

في غرفتها اصطحبتهما وأخذت تجرِّب الملابس وتتمشى أمامهما وهي تضع الشارب، وعمرو يدرِّبها على بعض الأمور وبعض المصطلحات التي يتداولها الشباب والرجال

فيما بينهم، وأخبرها كيف يفكِّر الرجل بعقليةٍ عملية بعيدًا عن الأحاسيس والمشاعر، أنصتت باهتمامٍ لنصائحه، درَّبها كيف تسير وكيف تصافح بقوةٍ وخشونة..

*****

بعد عدة أسابيع..

وأثناء تواجدها في مكتبها في الجريدة علمت أنَّ هادي تماثل للشفاء وعاد لمنزله، قرَّرت التحرك بسرعة، اتصلت بأخيها الذي طمأنها أنَّ صديقه أبلغه أنه تمَّ قبولهما كحارسين لدى الفنان هادي، وأنَّ الفنان يريد أن يجتمع بهما بأقرب وقتٍ ممكن.
هتفت بسعادة:
- أشكرك.. أشكرك!.
بعد عدة أيامٍ توجَّهت لشركة عمرو بعد أن أنهت عملها في الجريدة، ومعها حقيبةٌ كبيرة، استقبلها بالترحاب قائلًا: -
أسرعي، ميعادنا في تمام الساعة التاسعة.
في إحدى الغرف أبدلت ملابسها ووضعت تنكرها.. وعندما انتهت خرجت من الغرفة، تفاجأ عمرو كثيرًا بشكلها الجديد هاتفًا:
- رائع، هيا بنا!...
جلس هادي برفقة جمال مدير أعماله في مكتبه وهو يتفقد الملفات التي وضعها مدير أعماله أمامه
- ملفات الحراسات يا سيدي..
قالها وهو يضعها أمامه.
أخذ هادي يلقى نظرةً عليها بسرعةٍ وتوقَّف أمام ملفها قائلاً:

- ألا ترى أنَّ هذا الشاب صغير السنِّ ويبدو ضئيل الجسم وقد لا يكون ماهرًا؟ استبعده

أخذ جمال الورق وهو يلقي نظرةً على صاحب الملف ثم قال له بثقةٍ:

- لا يا سيدي بالعكس، إنه ماهر جدًا؛ رغم أن مظهره لا يوحي بذلك، ثم أنك تحتاج لشخصٍ يبدو عاديًا يتنقل بين الجمهور ولا يلفت الأنظار، وفي نفس الوقت يكون ماهرًا كحارسٍ، وأعتقد أنَّ هذا الشخص مناسبٌ تمامًا.

مط هادي شفتيه قائلًا بغير اقتناع:

- حسنًا، أستسلم هذه المرةِ، على بركه الله.

وفى مكتبٍ مجاورٍ جلس عشرة رجالٍ مفتولو العضلات يتبادلون النظرات فيما بينهم؛ في حين كانت تشعر لمار بالتوتر مما دعا عمرو للقول وهو يربت على يدها برفقٍ: -لا تقلقي، سيكون كلُّ شيءٍ على ما يرام.

قالت بتوتر:

-أتمنى ذلك.

بعد قليلٍ دعاهم جمال للانضمام لهادي في غرفة الاجتماعات، جلس الجميع وتوسطهم هادي الذي أخذ يجول بنظره بينهم ثم قال لهم بجديةٍ:

- أريدكم أن تكونوا يقظين، أن تكونوا حولي بما لا يتعارض مع حريتي الشخصية، وبما لا يعوق حركتي ولا يلفت النظر، لا أريد أن تتحدَّث الصحف وتقول أنني خائفٌ بعد الحادث الذي تعرَّضت له، لذا أتجول وحولي ترسانةٌ من الرجال المسلحين. هل فهمتما ما أقصد؟

قامت لمار برفع يدها طلبًا للتحدث، نظر إليها الجميع بدهشةٍ..
قال هادي:
ـ تفضَّل

-    سيدي، لابد أن تخبرنا تفاصيل الحادث الذي تعرَّضت
له حتى يتسنى لنا القيام بتأمينك وسدِّ أي ثغرةٍ قد
تظهر في الأفق.
نظر إليها هادي بدهشةٍ وكأنه لم يتوقع أن يطلب أحدٌ هذا
الأمر، في حين أيَّدها الجميع..
قال هادي بعد لحظة صمت:

-    بالرغم من أنني لا أريد تذكُّر هذا الحادث؛ لكن لا بأس
سأخبركم، الموضوع باختصارٍ شديد أن هناك أحد
الفنانين المنافسين دبَّر لي هذا الحادث وقطع فرامل
السيارة.
تابعت بجديةٍ:

-    اقترح أن يتم تغير طاقم الخدم والسائقين كما قمت
بتغيير طاقم الحراسات.
نظر إليها لحظةً ثم نظر إلى مدير أعماله قائلًا:
ـما رأيك يا جمال؟
قال جمال:
ـفكرة جيدة.
ثم مال على هادي هامسًا:
ـ أرأيت الضئيل الذي كنت تريد استبعاده؟!
ضحك هادي دون تعليقٍ وعاد يقول:
ـبالنسبة للحفلات الكبرى، لا أريد أن يشعر أحد بوجودكم من
الجمهور.
قال عمرو هامسًا:

- أحسنتِ.
ابتسمت دون تعليق.
تابع هادي:
-سيكون لدينا كل يومٍ حفلٌ في إحدى المناسبات الاجتماعية الخاصة، وثلاث حفلاتٍ كبرى كل شهرٍ قد تكون محليةً أو دولية، بكل الأحوال سأبلغكم قبلها.
أستعد من الغد لدينا حفلة في فندق شيراتون، يمكنكم الانصراف.
أنهى كلامه وأدار الكرسي وهو يتطلع للسماء من خلف نافذة مكتبه وهو يدندن بهمس..
انصرف الجميع وكانت آخر المغادرين عندما التفت هادي وهو ينادي على جمال قائلًا:
- لحظة لو سمحت.
توقفت مكانها وهي تلتفت إليه بارتباكٍ وتوتر..
جلست أمامه وهي تنظر إليه بارتباكٍ قائلةً:
-أفندم

-	أريدكَ أن تكون قريبًا مني في الحفلات.
-	كما تريد يا سيدي
-	لا أريدك أن ترتدي بذلةً كاملة لأنك ستجذب نظر المعجبين و المعجبات.
-	كما تريد يا سيدي.
-	يمكنك الانصراف
همت بالانصراف لكنه أوقفها قائلًا:
- مهلًا.. ما اسمك؟.. لا أتذكر سامحني
-	وائل يا سيدي
قال وهو يناولها كارتًا:

- هذه أرقامي الخاصة، أريدك أول الحاضرين غدًا، لن أغادر منزلي إلا برفقتك.

-        أوامرك يا سيدي

-        لا داعي لـ (سيدي) تلك....

-        أوامرك يا أفندم

نظر إليها لحظة باسمًا:

- أفندم؟!

-        هل تأذن لي؟

أشار لها بالانصراف

قال جمال ببساطةٍ:

- أنا أرتاح له لست أدرى لماذا؟! أشعر أنه مختلفٌ

-        سنرى، لا تتعجل الأمور.

قالها هادي بنبرة جادةٍ كلها حذر.

عادت لمنزلها برفقة أخيها وهي تكاد تطير من السعادة، هل حقًا كانت منذ قليل مع فنانها المفضل التي طالما حلمت بلقائه وحصولها على توقيعٍ منه؟ هل حقًا معها أرقامه الخاصة، هل ستتحدث معهُ وجهًا لوجه وليس في أحلامها كما اعتادت أن تفعل؟..

-هل أحلم؟

قالتها بصوتٍ مسموع، ضحك عمرو وهو يقول: -لا لستِ نائمةً؟

احمرّ وجهها خجلًا وشعرت بالخجل فأغمضت عينيها متظاهرةً بالتعب حتى تهرب من محاولة التبرير، لماذا تفوهت بهذه الكلمات؟!..

في اليوم التالي كانت موجودةً أمام منزله قبل ميعاد الحفل في حين كان الآخرون ينتظرون في الفندق، بمجرد أن رأته قادمًا

ركضت إليه وهي تفسح له الطريق، ركب السيارة وجلست أمامه بجوار السائق، نظرت إليه في مرآة السيارة فوجدته يقرأ بعض الأوراق، كان يبدو متوترًا.

- كيف حالك اليوم يا سيدي؟

قال دون أن يلتفت إليها مواصلًا قراءة الأوراق التي أمامه والتي بها كلمات الأغاني التي سيغنيها بالحفل باهتمام :

- بخير

قالت بعد لحظة صمتٍ:

- سيدي، لا أريدك أن تقلق لأنه لن يستطيع أي أحدٍ المخاطرة واستهدافك وأنت وسط هذا الجمع من الحاضرين

ترك الأوراق والتفت إليها قائلًا باهتمام:

- لماذا؟

- لأنَّ أي محاولة اعتداءٍ جديدة ستزيد من قاعدة المعجبين!

- أنت محق.

- لذا استمتع بوقتك سيدي واطمئن، أعلم أنها المرة الأولى لك بعد الحادث، سيدي أبدع اليوم كالمعتاد واسحر الموجودين.

- لم أعلم أنك من المعجبين بي؟

- هذا ليس إعجابًا يا سيدي.....هذه حقيقة.

- حسنًا، دعني أراجع الكلمات لأنني سريع النسيان حتى أستطيع سحر الحاضرين كما تقول..

ابتسمت وهي تلقي نظرةً عليه في مرآة السيارة، نظر إليها فجأةً؛ أدارت عينيها عنه بسرعة وهي تتحدث مع عمرو في جهاز اللاسلكي قائلةً:

- اقتربنا كثيرًا من البوابة الأمامية استعدوا.

مرَّ الحفل على مايرام وأبدع هادي كالمعتاد، وعادت هي برفقة عمرو للمنزل فجرًا كانا يبدوان متعبين فهما لم يعتادا على السهر لهذه الأوقات المتأخرة وهذه الحياة..

استيقظت من النوم مبكرًا على صوت المنبه وهي تهتف باستنكارٍ:

- لا، ليس بهذه السرعة!

ارتدت ملابسها بكسل وتركت عمرو نائمًا وهي تقول:

ـ هنيئًا لك، هذه فوائد العمل الخاص.

وذهبت للجريدة، كانت تبدو مرهقةً ومشتتة الذهن.

قالت نورا ضاحكةً:

ـ ما هذا؟ تبدين مرهقةً!

قالت وهى تتثاءب:

ـ كيف يعيشون هكذا؟ حفل أمس انتهى فجرًا

- لن تستطيعي المواصلة هكذا.

قالتها نورا بإشفاق.

- ما يدهشني حقًا أن حالتي هكذا من حفلٍ واحد.

وضحكت قائلة مكملة:

- ربما أعتاد مع الوقت. لابد أن آخذ إجازةً حتى أستطيع الاستمرار والتفرُّغ للعمل مساءً

- فكرة جيدة حاولي وبالتوفيق

ثم سألت باستحياءٍ:

- أين عمرو؟

- تركته نائمًا، لكنه سعيد جدًا بهذه المهمة لأننا سنجتمع كثيرًا.

ثم أشارت بيدها قائلةً:

- أقصد ثلاثتنا!

ابتسمت نورا بخجلٍ قائلةً:
-لابد أنه مُتعبٌ أيضًا..
قالت لمار ممازحة:
-إلى متى سألعب دور ساعي البريد بينكما؟!
قالت نور بخجلٍ:
- قريبًا ستشتاقين لهذا الدور، أخبرتُ أبي وينتظر اتصالًا من عمرو.
احتضنتها لمار بطفولةٍ هاتفة:
-ما هذه الأخبار المفرحة؟! سيسعد عمرو كثيرًا، ما سرُّ هذه التطورات؟

- تدرين أنَّ أبي أجّل كل شيءٍ لحين عودة أخي من السفر وها هو قد عاد.
قالت لمار بسعادة:
-تهانينا إذن.
و أخذت لمار تقصُّ عليها ما حدث في الحفل وكيف يبدع هادي وهو يغني، وكيف يبتسم بدبلوماسيةٍ عندما يقترب منه المعجبون والمعجبات.

- لابد أن تُدوِّني كل ما يحدث ويتم نشره على حلقاتٍ في عمودك اليومي.

- هذا ما أنوي القيام به بالفعل.
وأخذت تدوِّن كل ما تذكَّرته من خلال تعاملها معه.
بعد عدة ساعاتٍ توجهت لمكتب رئيسها وهي تطلب الحصول على عُطلة.. رفض رئيسها متعللًا بضغط العمل وأنه يحتاج لوجود جميع العاملين طوال الفترة

القادمة لتغطية الانتخابات المحلية؛ بخلاف تغطية مهرجان القاهرة السينمائي وفعالياته الهامة.

****

عادت للمنزل مبكرًا، ودخلت غرفتها ونامت واستيقظت على صوت المنبه، أبدلت ملابسها وذهبت لمكتب عمرو وهناك أبدلت ملابسها مرةً أخرى، وغادرت برفقته وقام بتوصيلها لمنزل هادي، وذهب هو لمكان الحفل كالمعتاد..

ظلَّت واقفةً أمامه تطالع الساعة بين الحين والآخر، وعندما وجدت هادي قد تأخر ذهبت إليه ووجدته يخرج من إحدى الغرف وهو يكمل ارتداء ملابسه قائلًا:

ـ آسف، تأخَّرت أعلم

أشاحت بوجهها بخجلٍ قائلة:

ـ جئتُ للاطمئنان عليك، انتابني القلق عندما لم تخرج في الموعد.

أخذ يمشِّط شعره وهو يربط رباط عنقه ويتلفت حوله قائلًا بتوتر:

ـ لأنَّ جمال ليس هنا أجدني ضائعًا.

- عمَّ تبحث؟

- هاتفي؟!

أخرجت هاتفها وهي ترنُّ على رقمه، سمعت صوته في غرفة النوم، قال هادي وهو يتتبع صوت رنين هاتفه:

ـ أشكرك، أنت مدهش لديك حلولٌ لأي أمر!

- هل يمكننا الذهاب الآن؟

قال هادي وهو يقف أمام المرآة:

ـ هل أبدو جذابًا أم أغيِّر الملابس؟

اقتربت منه قائلةً بحسم:

-سيدي، سيدي

التفت إليها قائلًا:

- ما الأمر؟

-    اهدأ، تنفَّس بقوة، لا داعي للتوتر، شهيق، زفير .

نظر إليها وهو يتنهد بقوةٍ ثم قال:

- حسنًا، هيا بنا

قالت له:

- لحظة

واقتربت منه وهي تعدِّل من رابطة عنقه، بمجرد أن اقتربت منه شعرت بتوتر وبأصابع مرتعدة قامت بتعديلها، لاحظ هو توترها، نظر إليها لحظةً مندهشًا لحظة وإلى أصابعها المرتعدة ثم قال:

- أنا مُستعد

بمجرد أن ابتعد عنها تنفَّست الصعداء.

سارت خلفه وهي تلتقط أوراق كلمات الأغاني، في السيارة بمجرد أن جلس هادي قال لها بضيقٍ:

- لابد أن أعود للداخل نسيت.....

لم يكمل جملته، التفتت إليه وناولته الأوراق قائلة:

-تفضل يا سيدي.

التقطها منها وقال باسمًا:

-أشكرك

قالت له وهي تنظر إليه في مرآة السيارة:

- سيدي، أقترح عمل نسختين من هذه الأوراق: واحدة نتركها في السيارة بشكلٍ دائم وأخرى في مكتبك، ونسخة على هاتفي للضرورة، للطوارئ..

- نفذ دون أن تخبرني مادام ما تقوم به للصالح.
بدأ يراجع الكلمات باهتمامٍ وتركيز شديد..
وأمام الكازينو هبطت لمار وهي تتلفت حولها، وجدت عمرو يقول:
- المكان آمن
قالت وهي تفسح لهادي المكان:
- تفضَّل

خرج هادي وهو يواجه المعجبين باسمًا، ووقف البعض يلتقطون له الصور بمفرده و برفقتهم؛ وفجأة وجدت لمار إحدى المعجبات تقترب منها وهي تطلب التصوير معها، اعتذرت منها ونظرت إلى عمرو بدهشةٍ وخجل؛ في حين ضحك عمرو، ألقت نظرةً على هادي فوجدته ينظر إليها ضاحكًا وهو يقترب منها جاذبًا إياها للوقوف بجواره، كانت تبدو متضايقةً والخجل يكسو ملامحها، وقام هادي بتقديم أغانيه وهو يبدو سعيدًا؛ انعكست سعادته على نبرات صوته الآسرة التي خلبت الألباب وملامح وجهه الهادئة؛ فهو شابٌ في منتصف الثلاثينات، معتدل القامة، رشيق، أبيض البشرة، عيناه واسعتان ذواتا أهدابٍ كثيفة، وأنف مستقيم، وشفاه وردية وشعر أسود غزير وناعم، لوسامته الشديدة تطارده الشائعات والصحف الصفراء، أدى هادي حفلته بمهارةٍ فأصبحت من أجمل حفلاته على الإطلاق، ووقفت لمار بالقرب منه في أحد جوانب المسرح وهي تستمع إلى صوته وهي تحلِّق في السماء مع صوته العذب، وانتابتها الدهشة من المعجبين والمعجبات وتصرفاتهم؛ فهذه تصرخ بهستيريا، وهذه تبكي، وتلك تغني معه بهيامٍ، وأخرى ترقص بانسيابيةٍ

وهذا يصور الحفل في بثٍّ مباشر بهاتفه الجوال، وتساءلت لماذا يفسدون متعة المشاهدة؟!

أثناء متابعتها للحفل وجدته يلتفت إليها لحظةً باسمًا وهو يغني، تسارعت دقات قلبها وكاد أن يتوقف، قالت محدثةً نفسها:

"إذا استمرَّ الوضع على هذا المنوال حتما سينكشف أمري، لا استطيع الصمود أمام نظراته العذبة وابتسامته التي تأسر القلوب"..

وشردت متسائلةً :

"هل أحبه حقًا؟"..

تنهَّدت بقوةٍ وهي تتذكر أول لقاءٍ مباشر لها معه بعد قبولها للعمل، خفق قلبها بقوةٍ وهي تستعيد هذه اللحظات عندما وقفت أمامه تتأمل عينيه وملامحه عن قربٍ، وكيف شعرت أن عينيه عميقتان، وأنهما بئر أسرارٍ كبير سقطت فيه ولم تستطع النجاة..

كانت تراقب شفتيه وهو يتحدث ولا تنصت لأية كلمةٍ مما تفوَّه بها، لاحظ هو شرودها ونظراتها إليه فارتبك ولم يكمل الاجتماع الذي كان مقررًا أن يتم بعد دقائق من وصولها، تعمَّدت يومها الوصول مبكرًا عن رفاقها المحددين والذين تم طلبهم على وجه التحديد، تعمَّدت الذهاب مبكرًا حتى يتسنى لها البقاء بصحبته أكبر قدرٍ ممكنٍ، لطالما رأته في منامها فارسًا مغوارًا ينقذها من السقوط على سفح الجبل تارةً وتارة ينقذها من الغرق، وتارةً يفتديها بروحه متلقيًا عنها رصاصةً طائشة، كانت تستيقظ بعد كل منامٍ يزورها فيه ملتشية تبحث عن صوره وأخباره، وتقف أمام ملامح وجهه وتكبِّر الصورة وتقرِّب عينيه وتتخيل أنه يرسل نظراته تلك عبر المصورين

لها خصيصًا؛ فتشرد وتكتب عنه مقالًا تناجي فيه حبًا أفلاطونيًا من طرفٍ واحد وتذيّله بحروف اسمها، تارة يحدث مقالها ضجةً ويكافئها رئيسها المباشر، وتارة يمرُّ مرور الكرام مؤثرًا في دائرتها المقربة والتي تعلم سرَّ هذه المقالات ويتابعونها باندهاش، غير مصدقين أنَّ هناك من يكنُّ كل هذا الحب لشخص لا يعلم عمن يحبه شيئًا!.

عندما تحاصرها نورا بالأسئلة وتواجهها بالحقيقة بأنَّ هادي شخصٌ عادي وليس كما تتخيل أو تتوقع، تشعر بالضيق وتتهرب من النقاش رافضةً أن تستفيق من أحلامها البريئة الساذجة، ها هي الحياة تهديها فرصة العمر، تعمل بالقرب منه لكنه مازال لا يعلم عنها شيئًا فهي في نظره حارسه الخاص وائل!.

انتشلها من شرودها رؤيته يهمس في أذن أحدهم.

ثم قال في المايك:

ـأهدي هذه الأغنية لصديق موجود بيننا، صديق بالرغم من انضمامه لفريقي حديثًا إلا أنني أشعر بالامتنان لوجوده، لولاه ما كنت بينكم اليوم، فأنا دائم النسيان وهو دائم التذكُّر، لا يفوت تفصيلة صغيرة صدقًا ممتنٌ لوجوده...

التفت الجميع إلى حيث استقرت بقعة الضوء، فوجئت هي بالضوء يغمر المكان الذي تقف فيه، تلفتت حولها بارتباكٍ باحثة عن الشخص المقصود ببراءة...

قاطعها صوت هادي الذي أشار إليها باسمًا مكملًا:

ـاسمح لي أن أتقدم بالشكر لصديقي وائل لأنه رجل المهام الصعبة.

نظرت إليه بدهشةٍ وشعرت بارتباكٍ شديد لأنَّ الكل يحدق بها، في حين صفَّق الجميع تحيةً لوائل الذي انحنى تحيةً للجمهور

وصفق بيديه وهو يومئ لهادي برأسه، لكن هادي لم يكتفِ بذلك وإنما اقترب منها جاذبًا إياها إلى داخل المسرح قائلًا:
ـ لابد أن تشاركني الغناء!.

نظرت إليه قائلةً بخجلٍ شديد وتسارعت دقات قلبها قائلة: ـ سيدي، لا.. أرجوك!

قال هامسًا: ماذا أفعل، معجبوك يطلبون ذلك...

نظرت إليه بدهشةٍ شديدة لكنه تابع قائلاً:

ـهل تعلم أن إحدى المعجبات هي من طلبت مني هذا الطلب وترجتني أن أدعك تغني؟.

قالت بخجل:

ـلا، مستحيل.

أعطاها المايك ووقف يصفِّق بيديه وهو يبتسم بعذوبةٍ جاذبًا إياها من يديها، واندهش عندما شعر ببرودة أصابعها وارتعاشها بين يديه، حدَّقت في وجهه بدهشةٍ ثم قالت برجاء:

ـسيدي، هذا ليس مزاحًا

قال هادي ضاحكًا:

ـحسنًا، اشكر الفتاة واعتذر منها وإلا غدًا سنتصدر عناوين الصحف (الفنان هادي يغار من حارسه الوسيم)!

قالت بعد تردد:

ـسيدي

قال هامسًا بمرح:

ـما هذا يا رجل، احمرَّ وجهك خجلاً لابد أن أحتفظ بشريط هذا الحفل للذكرى!.

قالت بغضب:

ـ سيدي ..أرجوك..

قال بإصرار:

ـ تفضل
قالت بتردُّد في المايك:
ـشكرًا للفنان هادي على شعوره الطيب؛ لكن سامحوني لن أستطيع الغناء، أعتذر للآنسة صاحبة الاقتراح، يؤسفني أن أخبرها أنني لن أستطيع تنفيذ طلبها، أعتذر منكم جدًا.
صفَّق الحضور بشدةٍ وهم يهتِفون:
ـ هادي.. هادي.. هادي
ناولت هادي المايك وتوارت عن الأنظار وهي تتنفس الصعداء.. عادت بقعة الضوء للتسلط على البقعة التي يقف فيها هادي، وعاد هادي لمتابعة الحفل بمزيدٍ من الحماس والسعادة.
بعد قليل انضم إليها عمرو قائلًا:
ـأرى أن هادي يسعد لوجودك حتى أنه يمازحك علنًا
قالت له وهي تلتقط أنفاسها:
ـمزاحه سيء
ثم التفت إليه قائلة:
ـكنت سيئةً، أليس كذلك؟
قال عمرو وهو يربت على كتفها:
ـ لا تشغل بالك يا رجل، رد فعلك طبيعي، هيا إلى العمل سألقى نظرة على المكان هل أحضر لك شيئًا؟
ـ أشكرك
انتهى الحفل وتجمهر المعجبون والمعجبات حول هادي وهم يلتقطون معه الصور التذكارية، وقفت هي ورفاقها مشكِّلين حلقةً حوله وهم يفسحون له المجال للتحرك والسير، مبعدين رجال الصحافة والتلفزيون، قفز هادي في السيارة فارًا من ازدحام المعجبين ومطاردة كاميرات الصحفيين، انطلقت

سيارته مغادرةً المكان، فور ابتعادهم عن مكان الحفل أخرج هادي هاتفه محدثًا والديه مطمئنًا إياهما على سير الحفل ونجاحه، مطلعًا إياهم على أدق تفاصيل الحفل بمرحٍ وسعادة. أثناء عودتهم لمنزل..

قال هادي موجهًا حديثه لها:

-ما بك..لا تتحدث كالمعتاد؟

نظرت إليه في مرآة السيارة قائلة:

-لا شيء سيدي

- هل لازلت غاضبًا منّي؟

هي بضيق:

-لا..

- اعترف.. ألم تكن سعيدًا بتسليط الأضواء عليك؟

- لا.

- لماذا؟

- وظيفتي تتطلب أن أعمل في الخفاء، يمكنك أن تقول اعتدت العمل في صمت.

- ماهذا؟ تبدو منزعجًا، كنت أمزح معك يا رجل؟!

نظرت إليه بضيق دون أن تتحدث

نظر هادي من نافذة سيارته ثم قال:

-أقسم لك بعض المعجبات طلبن ذلك.

ظلت صامتةً دون أن تتحدث، كانت تشعر بالضيق بالفعل.

قال بعد تفكير:

-آسف.

نظرت إليه قائلةً:

-لا داعي للأسف

نظر إليها في مرآة السيارة قائلًا بدهشة:

ـما بك يا رجل؟ أنت صعب المراس حقًا، لقد اعتذرت منك ماذا تريد غير ذلك؟! لماذا تعبس هكذا؟ أشعر بالسعادة، حفل اليوم مختلف، نجاحه مختلف، أدائي مختلف، حضوري وتفاعلي فيه مختلف، هل لأنني تركت الرسميات وتصرفت بطبيعتي.. لست أدري؟ ألا أستحق الاحتفال بهذا النجاح؟!

تنهدت بقوةٍ ثم قالت وهي تنظر إليه في مرآة السيارة:

- لا تشغل بالك بي سيدي.

- لا تقل أنك ستتقدم باستقالتك لأني مزحت معك! أرى هذا الطلب في عينيك.

قالها هادي بتهكُّمٍ مما ضايقها أكثر..

نظرت إليه قائلةً بجدية:

ـوإذا حدث وطلبت ذلك ماذا سيكون ردَّك؟

قال هادي بضيق:

ـلا، أنت تمزح بلا شك.

ثم نظر إليها لحظةً ثم قال بعد تفكيرٍ عندما أدرك أنها تتحدث بجدية:

- وإذا رفضت؟

قالها بعناد..

قالت بعد تفكيرٍ:

ـماذا أفعل؟ مهمتي أن أحميك، لن أستطيع الانسحاب الآن وأعتقد أنك لن تكون سعيدًا لو أصبحنا حديث الصحف أليس كذلك؟

قال هادي باسمًا:

ـبكل الأحوال سنتصدر غدًا عناوين الصحف ونشرات الأخبار.

وأشار بيده قائلًا بسعادة وهو يمازحها:

ـالفنان هادي ديمقراطي.

نظرت إليه في مرآة السيارة باسمة مما جعله يبتسم أيضًا..

قال ممازحًا:

- حسنًا، أرفض قبول استقالتك.

ضحكت قائلة:

- وأنا أعتذر لأني ضايقتك، أنت محقٌّ لابد أن نحتفل بنجاحك.

- إذا شئت الحقيقة أشعر براحةٍ وأنا أتحدث معك، أجدك تفهم ما أقصد، تعرف ما ينقصني، أشعر أنك مختلف.

- أشكرك...

- لذا أرجوك لا ترفض طلبي أني أدعوك غدًا لقضاء اليوم معي لديَّ الكثير لأحدثك عنه.

- لكن..

- لن أقبل أية أعذار.

أخذت تفكر كيف ستذهب إليه؟ والجريدة ومواعيدها؟!

لاحظ على ملامحها الارتباك لحظة والشرود فتابع قائلاً:

- اتفقنا؟!

- حسنًا، اتفقنا

- الثانية ظهرًا يناسبك؟

- يناسبني

في اليوم التالي ذهبت للجريدة وهي تخبر نورا أنه لابد أن تنصرف مبكرًا، قامت نورا بالتغطية عليها أمام باقي الزملاء بصعوبة، في حين أسرعت بالذهاب لشركة عمرو وهي تأخذ الحقيبة على عجلٍ قائلة:

- لابد من إيجاد مكانٍ بديل لتغيير ملابسي فيه.

أعطاها عمرو مفتاح الشقة التي يخزِّن فيها بعض الأشياء الخاصة بشركته (شركة استيراد أجهزة إليكترونية وقطع غيارها)، وهناك أبدلت ملابسها بسرعة وتوجهت لفيلا هادي..

وبمجرد أن رآها الحارس الموجود على البوابة حتى سارع بفتح البوابة، وقفت أمام الباب وهي تدق الجرس، وجدت هادي يفتح الباب وهو يقول بتثاؤبٍ وكسلٍ:

ـمرحبًا.. تفضَّل

دخلت الفيلا قال:

ـ لحظة وسأنضم إليك.

تركها وتوجَّه لغرفته في الطابق الثاني من الفيلا، جالت ببصرها سريعًا متأملةً المكان، لم يكن مزدحمًا بالأثاث، الردهة مخصصةٌ لمجلسين متباعدين يفصل بينهما درجات سلمٍ رخامية سوداء عريضة، يتوسط الردهة بيانو أسود اللون ضخم، أمَّا الحوائط فكانت تزينها عدَّة لوحات لمناظر طبيعية مرسومة بالزيت والجواش، وموقَّعة بأيدي راسميها، توقفت أمام إحدى الرسومات التي تعكس ظلال الشمس وسط السحاب هامسةً بشجنٍ:

ـ تضع لوحاتٍ مثلك تمامًا.

تنهدت بعمق قائلة:

ـأنت الشعاع الذي أضاء حياتي..

وجدت على أقرب مقعد قطًا يغط في النوم.. سعدت أيما سعادة وتوجهت إليه وحملته بين ذراعيها محتضنة إياه وهي تربت على ظهره بحبٍّ متأملةً ملامحه الصغيرة ببهجة وطفولية..

سمعته يتحدث في الهاتف قائلًا:

ـأرجوكِ قَدِّري ما أمرُّ به هذه الأيام، لا أستطيع التحرك بحريةٍ كالسابق ولابد من التروي قبل الذهاب لأي مكان.

- حسنًا، سأحاول مقابلتكِ وداعًا.

جلست لمار على أحد المقاعد حاملةً القط وهي تهمس للقط قائلة:

ـأتراها مكالمة عملٍ أم نزوة عاطفية؟

ثار عقلها قائلًا:

"وماذا لو كانت نزوة؟ هل يمكنكِ مواجهته ومحاسبته؟ هل سيتقبل منك كلامكِ وتوجهيك؟ ليس لأنه أخبرك أنه ممتنٌ لوجودك يعطيك الحق في التدخل في شئونه!".

وجدت هادي يقترب باسمًا قائلًا وهو يناولها الصحف:

ـفي الموعد تمامًا!..

- أول ما نتعلمه في مجال عملنا هو احترام المواعيد.

قالتها ببساطةٍ وهي تضع الجريدة أمامها على المنضدة.

قال مشيرًا للقط باسمًا:

ـأرى انك قابلت صديقي المشاغب.

قالت وهي تربت على ظهره:

ـأجل، صديقٌ لطيف.

ـما رأيك في منزلي المتواضع؟..

قال هادي.

قالت:

ـبيتٌ يليق بك، أكثر ما لفت انتباهي لوحاتك، هل هي لفنَّانين مشهورين؟

تراجع بظهره للخلف ضاحكًا وهو يضع ساقًا على الأخرى قائلًا:

- هذه اللوحات من المفترض أن تكون هدايا؟

قالت:
- من المفترض؟!
قال موضحًا:
- قصة اللوحات قصة طويلة.
قالت:
- أسمعك.
تابع قائلًا:
- دعاني احد الشباب من المستمعين لمعرضه الخاص في إحدى جاليرهات الزمالك، لبَّيت الدعوة وأعلنت أنني سأكون هناك في التوقيت المحدد، حدثت جلبةٌ كالمعتاد وعلمت الصحافة وسبقتني إلى هناك، فحضرت الافتتاح ومكثت مع الشاب بعض الوقت والتقطت الصور بصحبته.. ثم عرضت شراء اللوحات فرفض الشاب تمامًا، فأخبرته أنني لن أقبلها كهديةٍ فرفض تمامًا، اقترحت عليه أن نحتكم لصديقٍ فقرَّر هذا الصديق عرض اللوحات للبيع في مزادٍ بحضوري بالطبع، أوصيت رفيقًا لي مستترا بالمزايدة أمامي على بعض اللوحات دون علم الشاب بالطبع، واشتريت هذه اللوحات الثلاثة بطريقٍ غير مباشر فقط حتى لا أسبب إحراجًا للشاب.
حدقت به بانبهار قائلةً:
- أقمت بكل هذا حتى لا تحرج الشاب؟!
قال هادي ببساطة:
- الشاب موهوب ويستحق كل الدعم.. حتى ولو كان مستترًا..
شردت لحظة:
- يا إلهي هذا جانبٌ إنساني لم نسمع عنه من قبل.
قال باسمًا متصنِّعًا الجدية:
- هل شاهدت صحف اليوم؟!

- لا، لماذا؟

أخذ إحدى الصحف وهو يريها ما كُتب فيها عن الحفلة الأخيرة، وابتسم وهو يقول لها:

ـألم أقل لك أننا سنكون حديث الصحف؟!

أخذت الجريدة وهي ترى صورتها تتصدر عناوين الجريدة، أغمضت عينيها بضيقٍ هاتفة:

ـلا.. مستحيل!

أخذت تقرأ ما كُتب في المقال واحمرَّ وجهها خجلًا عندما وجدت هادي ينظر إليها بعمق

- أعتذر.. عما حدث، حدث ما توقعته أنت بكل أسف.

قال هادي ضاحكًا:

- أرأيت تحدثوا عنك أكثر! ما بك يا رجل ابتهج سيكون لك شأنٌ ومن الممكن أن تنهال عليك عروض التمثيل.

حدقت بوجهه لحظةً قائلة:

- هل أنت سعيد الآن؟

ضحك هادي قائلًا:

- أنت شخصية غريبة بالفعل، ما المزعج في نشر صورتك في الصحف؟ ألا تتواجد صورك على مواقع التواصل الاجتماعي؛ أي متاحةً للجميع؟!..

زفرت بضيق قائلة:

- أعلم لكني لا أحب هذه الأشياء.

- لابد أن تتأقلم على هذه الأمور بحكم مرافقتك لي..

بدا الانزعاج واضحًا على ملامحها مما دعاه للقول:

- أتدرى أنك أول شخصٍ أشعر براحة تجاهه وأدعوه للمنزل بصفةٍ شخصية؟

- هذا شيءٌ يسعدني

قال وهو يتناول الطعام:
ـ أنت قليل الكلام لماذا لا تحدثني عن نفسك؟
باغتها السؤال فردَّت:
ـ ليس هناك الكثير ليقال؟!
ـ أرأيت لا تريد أن تتحدث
ـ لا.. لكن حياتي الشخصية ملكٌ لي فقط
ـ وهل أتطفل؟
ـ لا أقصد ذلك.
قال هادي عندما وجدها لا تريد التحدث:
ـحسناً كما تريد، لن أزعجك أكثر، حتى لا تقدم استقالتك احتجاجًا على المعاملة!.
ضحكت وهي تتناول الطعام قائلة:
ـأنا ببساطة وائل حارسك الشخصي.
قال هادي وهو يتناول الطعام:
ـ وهذا يكفي
قالت باسمة بعد تردد:
ـ وأنت يا سيدي هل هناك ما تخفيه؟
ـ لكلّ منّا جانب خفي لايريد أن يعرف عنه أحد
ـ أنتَ محقّ.
فرغوا من تناول الطعام فاصطحبها في جولةٍ داخل حديقة المنزل..
ـ لماذا لم تتزوج إلى الآن يا وائل؟
ـ يمكنك أن تقول أنني مضربٌ عن الزواج
ـ لماذا يا رجل؟ أنت لا ينقصك شيء
قال وائل باسمًا:
ـ لم تُخلق من تتحملني بعد

ضحك هادي وهو يقول:
-أنت محقٌّ، أنت صعب المراس يا رجل .
ضحك وائل دون تعقيب ولكن تعالى رنين صوت هاتفها، وجدت نورا تقول لها بذعر:
-ما هذا صورتك في الصحف؟!
نظرت إلى هادي وهي تبتعد عنه قائلةً:
-معذرةً
تابعت همسًا:
- لم أرَ الصحف إلا هنا، لم يكن لديَّ متسعٌ من الوقت
هل تعرف عليَّ أحد من الزملاء؟
قالت نورا:
-لستُ أدري
قالت لمار:
- كلُّ ما أخشاه أن تقع الجريدة في يد أمي! تدرين تستطيع التعرف عليَّ لو حتى كنت أرتدي طاقية الإخفاء
- سأطلعك على ما يستجد، لا تقلقي.
- ابلغي عمرو لم أستطع التحدُّث معه، وداعًا.
قالت لمار وهي تغلق الهاتف ملتفتةً إلى هادي الذي كان يقف على مقربةٍ منها وهو يتصفح الإنترنت عبر هاتفه الجوال..
تنحنحت هامسةً:
- أعتذر..
قال هادي باسمًا:
-مَن تكون، حبيبتك؟
- شيءٌ من هذا القبيل.
- لماذا لا تدعوها يومًا لحضور إحدى الحفلات؟

قالت:

- أعدك أن أدعوها يومًا.

وكأنَّ حديثه عن الحبيبة أيقظ مشاعره فقال بغتة:

- ماذا تفعل كي تلفت نظر فتاة؟

- ما هذا؟ الفنان هادي معشوق الفتيات يطلب استشارةً عاطفية؟!

قالتها باستنكار وهي تخفي غَيرتها، في حين تابع هادي بضيق قائلاً:

- يا رجل، تحرص على حضور حفلاتي كلها ولا تتقدم خطوةً واحدة، حتى ولو بكلمة ولا تهتم بالتقاط صورةٍ كالجميع ولا تكترث للاقتراب مني..

بدأ الفضول يلقي بظلاله عليها فصارت تتخيل كيف تبدو؟ هل يشعر نحوها حقًا بالعاطفة؟ مَن تكون؟ ولماذا تفعل ذلك؟

تابعت قائلةً باهتمام:

- أمرٌ عجيب فعلاً، وأنت ما شعورك تجاهها؟

- لست أدري؟ ربما لو تحدثنا معًا أستطيع التأكد من مشاعري تجاهها

- وأين المشكلة إذن؟

قالتها ببساطة.

ردَّ بضيق:

- دائمًا ما تكون في آخر الصفوف، وبمجرد انتهاء الحفل تذوب وتختفي وإذا جلست لوقتٍ متأخر تكون برفقة رجلين يبدوان كحراسٍ لها.

- حسنًا، دع هذا الأمر لي.

- ستساعدني.؟

- سأحاول
- هذا سرٌّ بيننا
- لا تقلق، ومن تلك التي حدثتها على الهاتف؟ عذرًا سمعتك رغمًا عني صوتك كان واضحًا.
- هذه لا أحد، إحدى المعجبات..عرفت رقمي بشكل ما وتصرُّ على مقابلتي منذ أشهر، وأتهرَّب منها باستمرار، لم أشأ إحراجها وهي لا تيأس تستمر بملاحقتي بالاتصالات.
- خلال معرفتي بك الأيام القليلة الماضية لم أركَ تتحدث مع فتيات إلا الآن، يبدو أنَّ الصحف تنشر العديد من الأكاذيب عنك!.
قالتها بثقة.
- أنا إنسان في الأول والآخر ولي حياتي العاطفية، ولي حبيبةٌ لكن الصحف تبالغ، لست أدري من أين يأتون بهذه الأخبار؟!.
خفق قلبها أمام قوله (حبيبة).. فهمَّت بالتساؤل عمن تكون وأين هي؟ لكن خشيت كثرة أسئلتها تلفت انتباهه.. فاكتفت بالإنصات والغيرة تدبُّ في قلبها، قالت بجديةٍ:
- ومن يسرِّب أخبارك يا تُرى؟
- الكثير، الصحفيون لا يتورعون عن فعل أي شيءٍ لمعرفة أية معلومة.
- يبدو أنك لا تحب الصحفيين؟
- فضوليين جدًا ومزعجون!
- لكن أنت فنان ولابد أن تكون معتادًا على ذلك؟

- أعلم لكن حياتي الشخصية ملكٌ لي وليس لهم، لذا أتعمَّد تسريب ما أريدهم أن يعلموه فقط.
- ممتاز، ويمكنك ألا تدلي بأية تصاريح فنية وتكتفي بما ينقله جمال عنك.
- هذا ما يحدث بالفعل.
- هناك شيءٌ آخر، لا تتواجد على الساحة بانتظام حتى لا يشعر جمهورك بالملل.
- هذا ما أحاول القيام به بالفعل.
- احرص أن تكون الأخبار الخاصة بك مبهمةً لأنَّ ذلك يجعل الجمهور متشوقًا لجديدك باستمرار؛ وبذلك تتسع قاعدة معجبيك؛ ومن جهةٍ أخرى منافسوك يصرفون نظرهم عنك وتقل المخاطر بالتبعية.
- صدقني أعمل جاهدًا على تنفيذ كل ما تقول..
- ممتاز، بالنسبة لموضوع الفتاة دعني أدبِّر موعدًا معها بعد حفلة الغد.

تابعت قائلةً باهتمام وهي تشير لأحد جوانب الحديقة:
- هل توجد كاميرات تغطي كافة جوانب ومداخل المنزل؟

قال هادي:
- الكاميرات تغطِّي المداخل فقط والجراج

قالت بجدية:
- هذا ليس صائبًا، لابد أن توضع كاميرات بطول السور المحيط بالفيلا وعلى أركانه، ولابد من تعيين فرد أمنٍ أمام البوابة الخارجية.

قال هادي:
- أضروريٌ ما تقول؟

قالت بجديةٍ:
-سيدي لقد تعرَّضت لمحاولة قتلٍ، ووفقًا لمعلوماتي ليست المرة الأولى، لابد من توفير حمايةٍ كاملة لك.
قال هادي:
- حسنًا، سأخبرهم بذلك.
بعد قليلٍ انضم إليهم جمال، وأخذ يتجاذب معهما أطراف الحديث وهو يضحك عندما شعر أنَّ هناك تآلفٌ بين هادي وحارسه الخاص، يبدو أنَّ هذا الوفاق أزعجه بشكلٍ ما فبدا على ملامحه وطريقته الجافة في الردِّ والمعاملة، فهمت هي ما يشعر به حيث بدا الانزعاج واضحًا على ملامح وجهه ونبرة صوته، مما دعاه للقول:
- سيدي أنا مهمتي تأمين وحماية الشخصية، أما أنت مهمتك أساسية، هو يعتمد عليك كليًا لا يتحرك بدون تعليماتك ومشورتك.
قال جمال:
-أعلم، لكني لم أره يتحدث مع أحد حرَّاسه مثلك، هذا كل ما في الأمر.
مالت عليه ضاحكةً:
ـ إذا كنت أسبب لك أي إزعاجٍ، أنسحب فورًا
ضحك جمال قائلًا:
- أتدري أن البساطة التي تتعامل بها ستجعلني أغيِّر موقفي منك حقًا.
قالت هامسةً بينما هادي يتدرَّب على لحنٍ جديد:
- صدقني آخر همي إزعاجك، والآن هل لديك معلوماتٌ بشأن هذا المطرب الذي يكنُّ له كل هذا الكره؟.
قال جمال ببساطةٍ:

ـ أولا انتبه، ينزعج هادي من هذا الأمر كثيرًا، والأمر كله عبارة عن غيرةٍ فنية لأنَّ هادي يصغره سنًّا وله قاعدة جماهيرية أكبر.

قالت:

ـلكن القتل يتعدَّى الغيرة الفنية؟.

قال جمال:

ـيمكنك أن تتوقع أي شيءٍ في هذا الوسط.

انتهى هادي من التدرب على اللحن الجديد واقترب منهما عندما وجدهما يتحدثان باهتمامٍ، قال لمدير أعماله:

ـ ما الأمر؟

قال جمال:

ـلا شيء

قالت له:

ـ لا شيء.

قال هادي موجهًا حديثه إليها:

ـ يمكنك الانصراف لو شئت، ليس لدينا حفلاتٌ اليوم.

تركتهم وغادرت المكان برشاقةٍ وهي تحدث نفسها قائلة: "رغم أن اليوم كان ممتعًا إلا أنني أتوق للنوم".

في منزلها ألقت بجسدها على السرير وسرعان ما راحت في النوم..

استيقظت في المساء على يدٍ تهزها، وجدت والدتها تقول لها:

ـ نورا هنا

تتثاءبت بكسلٍ ثم انضمت لصديقتها في الشرفة التي قالت هامسةً:

ـ لقد رأى البعض صورتك والكل ربط بين غيابك الذي بدأ يُلاحظ وبين الشبه بينك وبين الصورة، وأخذوا يحققون معي.

قالت بجديةٍ:
-وما العمل الآن؟ لو علم أحدٌ ما أقوم به سيفسد الأمر كليًا
قالت نورا:
-لابد أن تكثفي من تواجدك في الصباح حتى لو استدعى الأمر أن تأتي وتنامين في المكتب.
قالت وهي تتثاءب:
- ليست لدي أية خياراتٍ أخرى.
تلفتت نور حولها ثم قالت بجدية:

- كيف تجدين العمل معه؟

- هو شخصيةٌ جميلة رقيقة المشاعر ومتواضع وراقٍ.. واطمئنّي لا يراني من الأساس.

- وكيف يراكِ وأنتِ رجلٌ؟

- بكل الأحوال اكتشفت أنَّ إعجابي به كان إعجابًا منطقيًا لمطربي المفضل ليس أكثر.

- ما هذا النضج المفاجئ؟

- حياته تختلف عن حياتي، أضيفي لذلك أنه يكره الصحفيين وأتخيل أنه لو اكتشف أني صحفية، لن يطيق النظر في وجه أي صحفيٍ مرةً ثانية؛ ثم إن له حبيبة.

- وضعك مختلفٌ، أنتِ في مهمة عمل.

- لكني أخدعه

- مازال الأمر تحت السيطرة ولم تنشري شيئًا خاصًا به.

- أنتِ محقة، المهم أن أتوقف في الوقت المناسب

- هل له حبيبة؟ هل رأيتِها؟ كيف تبدو؟ كيف يبدو بيته؟ كيف هو في الحقيقة؟ كيف تتحملين تواجدك مع حبِّ حياتك في مكانٍ واحد؟

قالت باسمة:

-ما هذا السيل من الأسئلة يا عزيزتي؟! لم أعهدك فضولية!

قالت نورا ببساطة:

- هذا ليس فضولًا، هذه أسئلةٌ منطقية.

انضم إليهما عمرو الذي سعد كثيرًا بوجود نورا، تبخَّر فضول نورا والتفتت إلى عمرو قائلةً باهتمام واضح:

-تبدو مرهقًا، ألا تأخذ كفايتك من النوم؟!

قال عمرو بسعادةٍ سعيدًا باهتمامها وملاحظاتها:

- فترةٌ وستمرّ..

ثم وجه سؤاله لأخته قائلًا:

- كيف تجدين العمل معه؟

تابعت هي قائلة:

- مرهق لكنه ممتع أيضًا، يمكنكم القول أن زهوة انبهاري به زالت، اكتشفت أنه بشرٌ مثلنا وشخصٌ عادي! ليس مبهرًا كما رسمته في خيالي، كنت ساذجةً عندما رسمت له هالة محددةً تقترب من الملائكة..

قال عمرو بذكاء:

- هل ضايقك؟

قالت:

-على العكس، هو شخصٌ جيد؛ لكني أتحدث معكم بصوتٍ مسموع، أطلعلكم على تفكيري الخيالي الساذج الذي تهاوى برؤيته وقضاء يومٍ بأكمله معه.

مطَّ عمرو شفتيه قائلًا ببساطة:

ـلست ساذجةً؛ أنت حالمة، وشتان ما بين السذاجة والحلم، وكم من الصور نكتشف أنها خادعة، لأننا نراها من الخارج فقط.

*****

في اليوم التالي حرصت على أن تظهر للجميع وظلت متواجدةً لآخر اليوم وطلب رؤيتها رئيسها في العمل، ذهبت لمقابلته فوجدته يضع أمامها صورتها قائلًا بثورةٍ متسائلًا:
ـما هذا؟
التقطت الجريدة ببساطةٍ متظاهرةً بأنَّ الأمر لا يعنيها قائلة:
ـ ما الأمر؟
قال مديرها وهو يغلق باب مكتبه:
ـ أعلم ما تخططين له؟
نظرت إليه لحظةً قائلة:
ـسيدي لا أفهم ما تقصد؟!

قال بجديةٍ:
ـمن الأفضل أن يكون الأمر يستحق وإلا ستحالين للشئون القانونية.
قالت بضيقٍ:
ـهل أوضحت ما تقصد رجاءً؟
قال بعصبية:
ـعلمت من مصادري أنَّ أخاك ضمن حراسات الفنان هادي فهمي، وصدفة أنَّ الحارس المقرب له رفيق أخيك ويشبهك! أيقنت أنَّ الإنكار لن يفيد فقررت إخباره بحقيقة الأمر حتى يسمح لها بالعمل بحريةٍ وبشكل قانوني، وبذلك لن تضطر للحضور للمكتب.

قالت بضيق:

كنت أنوي إخبار سيادتك.

- أعلم، وأثق بك وأثق بحسّك الصحفي الذي لا يخطئ؛ لكن لابد أن تطلعيني على كل شيء، هل توصلت لشيءٍ؟

- لا ولم أكتب شيئًا إلى الآن، الحياة تسير بشكل طبيعي ليس هناك ما يجذب القرّاء فيما رأيت.

- هل هذه مزحةٌ ما؟! هل تقولين أن فنانًا مشهورًا مثل هادي حياته تسير بشكلٍ طبيعي وليس هناك أي شائبةٍ أو ما يجذب القراء؟! هل حياة الفنان مثل أيّ فردٍ عادي؟

همت بالرد عليه لكنه قال بحسم:

-أريد تقريرًا مفصلًا عما حدث من البداية وسيتم نشره على حلقات.

همت بالاعتراض لكنه قال:

ـ سأنتظر أولى حلقاتك عنه غدًا.

غادرت الجريدة ساخطةً، أرادت أن تكون بمفردها خاصةً بعد مقابلتها لرئيسها التي أزعجتها بشكلٍ واضح وشكلت ضغطًا عليها، بدأ شعورها بالغضب يخفت مع كل خطوة ابتعدتها عن مقر الجريدة؛ فهي تكره الأوامر ولا تحب أن تعمل تحت الضغط والتهديد، هي من هواة العمل الحر، تبدع عندما لا تقع تحت ضغط؛ لكنها الحياة لا تعطينا كل شيء وبكل أسفٍ تجبرنا على الرضوخ إليها.

****

في أحد الأندية الشهيرة جلست تتصفح الإنترنت وهي تشعر بالانزعاج، أرادت أن تكون بمفردها لترتب أفكارها ولترى

كيف ستتعامل مع الوضع الجديد بعد علم رئيسها المباشر بما تقوم به، أرادت أن تفكِّر بعيدًا عن أية ضغوط، أرادت أن تستفتي قلبها الذي مازال يحب هادي ويتعلق به ويميل إليه رغم كل شيءٍ؛ رغم اعترافه أنَّ له حبيبة ورغم كره هادي لمثيلاتها والتي حتما سيزداد كُرهها بعد انكشاف الأمر، ليس من الممكن أن تظل متخفيةً للأبد وليس من المنطقي ألا يعلم هادي حقيقتها، المسألة مسألة وقتٍ فقط، سمعت ضجةً أعقبتها حالةً من الفوضى، تلفتت حولها مستفسرةً.

قال الساقي بتوتر:

- يقولون أنَّ الفنان هادي فهمي قادم وسيتناول الغداء هنا.

تلفتت حولها قائلةً بذعر:

- ماذا؟ كيف؟ لماذا لم يخبرني؟ أين عمرو لماذا لم يطلعني على هذا الأمر؟

جمعت أغراضها بسرعةٍ وهمت بالانصراف، وجدت هادي يدخل المطعم برفقة جمال، حاولت التواري عن الأنظار قدر المستطاع وأشارت للساقي الذي جاء مسرعًا

قالت همسًا:

- أريد قبعة!

حدق بها الشاب مندهشًا.

قالت بتوتر:

- هذا ليس وقتًا مناسبًا للاندهاش، جد لي فورًا قبعة..

- سيدتي، الوضع كما ترين الفنان هادي هنا والمعجبات يعجُّ بهن المكان، أعتذر!.

قال جملته وانصرف دون أن يعطيها فرصةً للرد عليه.

تنهدت بقوةٍ قائلة:
ـحسنًا
ألقت نظرةً سريعةً على المكان، وجدت هادي منهمكًا مع المعجبات ويلتقط معهن الصور التذكارية، وجمال يوليها ظهره وهو يتحدث في الهاتف.
قالت وهي تتحرك:
ـممتاز، الجميع مشغول.
توجَّهت لباب المطعم بسرعةٍ و.. واصطدمت بإحدى الفتيات بقوةٍ دون أن تنتبه مسقطةً ما بيدها على الأرض، اصطدامهما جذب الانتباه.. اتجهت كلُّ العيون إليهما..
هتفت الفتاة بغضب:
ـانتبهي لخطواتك هل أنتِ عمياء؟!
التفتت هادي لمصدر الصوت في حين قالت لمار هامسةً:
ـآسفة.
وأخذت تلملم الأوراق التي تبعثرت على الأرض بسرعة.. وهي تهم بالمغادرة.

قالت الفتاة بصوتٍ أعلى:
ـ انتظري، إني أتحدث إليكِ!
تجمدت لمار في مكانها وهي تسترق النظر إلى هادي الذي بدأ يتابع باهتمام ما يجري قائلةً:
ـ ـ ماذا تريدين، اعتذرت منكِ؟
قالت الفتاة بصوتٍ جَهوري:
ـهذا لا يكفي !!
حدَّقت بها لمار لحظةً وأغمضت عينها بقوةٍ وهي تتمتم: ـآه، أنتِ من هواة افتعال المشاكل للفت الانتباه.

قالت لمار بغضب مكتوم:
- اسمعيني جيدًا، لست في حالة تسمح بالجدال معكِ.
قالت الفتاة بسخريةٍ وهي تعقد ساعديها أمام صدرها قائلةً بوقاحةٍ:
ـلماذا، هل تأخرتِ عن الوزارة؟!
تنهدت لمار بقوةٍ وهي تنظر حولها بإحراجٍ شديد، وبدأ يلتف حولهما البعض لاستطلاع الأمر:
فقالت بصوتٍ واضح:
ـحسنًا، أكرّر أسفي أمام الكل علنًا.
وهمت بالانصراف لكن الفتاة قالت بِحدةٍ:
ـلم أسمح لكِ بالانصراف!.
توقفت لمار والتفتت إليها وهمَّت بالرد لكنها فوجئت بهادي يقف أمامهما قائلًا:
ـسيداتي.. سيداتي.. مهلًا! هذا لا يليق بكما.
اتسعت ابتسامة الفتاة لأنَّ مرادها تحقق في حين تعلقت عين هادي بـ لمار، وحدق بها لحظةً ثم تابع قائلاً:
ـاسمحا لي بالتدخل لحلِّ هذا الأمر!
قالت الفتاة بخجلٍ مفتعل:
- أشكرك
في حين ابتسمت لمار قائلةً:
ـأعتقد أنه يمكنني المغادرة الآن!
وهرولت مغادرةً المكان على عجل، وقفت الفتاة أمام هادي وهي ترسم ابتسامة ظفر على وجهها قائلةً بدلال:
ـأشكرك لتدخُّلك.. لولا وجودك لكان لي تَصرفٌ آخر..
هز هادي رأسه مجاملًا ثم أشار لها عندما وجدها تهمُّ بالحديث أن انتظري قائلًا وهو يغادر مكانه:

ـ أرجو المعذرة

وتسلل من بين يديها وهرول وهو يتتبعها قائلًا:

ـ لحظة...

توقفت مكانها وقالت وهي لا تلتفت إليه:

ـ أفندم؟

قال وهو يقترب منها ويقف بمواجهتها ويحدق في وجهها بدهشة، نظراتها تبدو مألوفةً له، شعر أنه رآها من قبل قال بهدوء:

ـ أعتذر عما حدث بالداخل.

قالت بخجل:

ـ لا داعي للأسف، لست مخطئًا.

وهمَّت بالرحيل لكنه أسرع يسدُّ الطريق أمامها قائلًا:

ـ عذرًا هل سبق وتقابلنا؟

تهاوى قلبها من بين أضلعها، شعرت بالتوتر والارتباك وهي تتجنب النظر إليه قائلةً:

-        لا أعتقد، أعتذر لابد أن أنصرف

وركضت مغادرةً المكان.

التقطت أنفاسها بقوةٍ قائلةً:

-        كاد أن يفسد كل شيء!

ظل هادي واقفًا مكانه لحظة يتابعها وهي تركض مغادرة المكان، محاولًا التذكُّر أين قابلها من قبل؟

لحق به جمال قائلاً:

-        ما الأمر؟

-        لا شيء يخيل إليَّ أني أعرفها؟!

قال جمال:

- وجهها بدا مألوفًا لي أيضًا، ربما حضرت حفلًا لك يومًا ما، لكن لماذا تهرب هكذا؟

- لست أدري!

ما يدهشني حقًا أنَّ الفتاة افتعلت معها المشكلة ولم تتصدَّ أو تدافع عن نفسها، تُرى ما قصتها؟

قال جمال ببساطة:

- لا تهتم، هيا نتناول الطعام، جئنا للراحة..

****

اتصلت بها نورا تطمئن عليها، أخبرتها بما دار بينها وبين رئيسها المباشر وما حدث في المطعم، بدا على صوتها الضيق والغضب.. أخبرتها بأنها شعرت بالضعف أمام نظرات هادي المباشرة، ربما تخفيها يحميها ويصد عنها لين قلبها وفيض المشاعر التي تختزنها له في قلبها، حتى ولو كانت من طرفٍ واحد كما اعتادت أن تقول نورا، مشاعرها تجاه هادي توارت خلف سيل اللوم الذي بدأ يلحُّ عليها معاتبًا لأنها لم تتخذ موقفًا جديًا تجاه الفتاة؛ فهي تكره هذه النوعيات وهذه الشخصيات هواة الظهور ولو على حساب كرامة غيرهم، هذه الشخصيات تكون ذات كيانٍ هشٍّ ينهار مع المواجهة؛ لكن ما منعها عن المواجهة سببٌ أقوى، عملها وتقديسيها له، خوفها من كشف هويتها أمام هادي لأي سببٍ ما.

جلست تدوِّن كل ما تشعر به وكل ما حدث منذ انضمامها للصفوف مع هادي، وأغلقت جهاز الحاسوب وألقت بنفسها على السرير، وأغمضت عينها وتذكرت نظرات الدهشة من جمال وهادي إليها، وقررت التراجع، شعرت أنه لا داعي لتحمُّلها كل هذه الضغوط.

في ميعاد الحفلة لم تذهب كالمعتاد، وجدت عمرو يحدثها ويقنعها بالعدول عن قرارها لكنها لم ترضخ، في حين ذهب عمرو للعمل كالمعتاد ليقينه أنَّ لمار تمرُّ بفترة ضيق مؤقتة وحتما ستتراجع ليقينها أنَّ هناك سرًا وراء حادث محاولة اغتيال هادي، أخذ هادي يتساءل عنها باهتمامٍ مستفسرًا عن سبب غياب وائل المفاجئ.

أخبرهم أنه مريض، ولن يتمكن من الحضور اليوم.

بدا الانزعاج بوضوحٍ على ملامح هادي وأخذ يحاول الاتصال للاطمئنان، وجد هاتفه مغلقًا؛ أما هي فتذكرت أنها وعدته بالتدخُّل من أجل الفتاة التي أخبرها عنها.. غادرت المنزل وهي تقول "كيف نسيت هذا الموضوع؟!"

فوجئ بها عمرو تنضم إليهم في اللحظات الأخيرة للحفل قال هامسًا:

ـ كنت أعلم أنك ستأتي

تجاهلت ما قال قائلةً:

ـكيف تسير الأمور؟

ـ أخبرتهم أنك مريض.

قالت:

ـ ممتاز

بدرت من هادي التفاتةٌ وجدها تقف تتحدث مع عمرو، ابتسم وهو يكمل فقرات الحفل بحماس، أخذت تتنقل بين الصفوف بحثًا عن الفتاة التي حدثها هادي عنها، لمحتها تجلس في آخر الصفوف وحولها رجلان يرتديان ملابس رسمية، التفتت إلى هادي وأومأت برأسها تحيةً، فهم ما تقصد فبادلها الإيماءة بخفة وهو يواصل الغناء وعيناه متعلقة بها، اخترقت الصفوف

وتوجهت للفتاة وجلست بجوارها وسط ذهول الفتاة! قال أحد مرافقيها بغلظة وهو يفرد ذراعيه مانعًا إياها من العبور:
-إلى أين؟
رفعت يديها بجوارها بمرح قائلةً:
-استسلم.. لديَّ موعدٌ مع الهانم.
أشارت لهم الفتاة أن اتركوه، مرت من أمام الرجلين وهي تقول:
- هل تسمحون لنا بمتابعة الحفل؟
نظرت إليها الفتاة ضاحكةً قائلة:
- جريء أنت أيها الوسيم!.
قالت هي هامسةً وهي تميل على أذنها:
- ومن يتحكم في زمام نفسه أمام حضورك الطاغي سيدتي؟!.
قالت بجزلٍ:
- متحدثٌ لبقٌ أيضًا!.
قالت لمار بجديَّة:
-أريدك في أمرٍ هام.

قال أحد مرافقي الفتاة بغضب:
-أجننتَ يا رجل؟
قالت لمار ببساطة:
-مهلًا، مهلًا، أريد أن أسأل الآنسة عن شيءٍ؟
نظرت إليها الفتاة بإعجابٍ قائلة:
- دعوه..
في حين اتسعت ابتسامة هادي وهو يتابع ما يحدث..
قالت لمار:
- هل تسمحين لي بالتحدث معك بالخارج؟

قالت الفتاة:

ـهيا

وغادرت مكانها برشاقةٍ ولحقت بها لمار.

في الخارج وقفت الفتاة تقول لها بإعجابٍ:

ـأتدري أنك أول شخص يتجرأ ويحاول التقرُّب مني غير عابئٍ لوجود الحرَّاس!

تجاهلت إطراءها قائلةً بجدية:

- جئتك بصفةٍ شخصية، هادي يتساءل عن إمكانية مقابلتكِ.

اقتربت منها الفتاة هامسةً في أذنها بدلال:

- اعتقدت أنك جئت خصيصًا لي.

قالت لمار بارتباك:

ـلا، أقصد..

قاطعتها الفتاة وهي تضع يدها على فمها هامسةً:

ـسأنتظرك

ووضعت في يدها ورقةً بها رقم هاتفها وغادرت المكان بسرعة، تجمَّدت لمار مكانها لحظةً متخيلة أنَّ هذه الفاتنة ستقابل هادي وستتحدث معه، انتشلها من دهشتها صوت عمرو وهو يقول:

ـأين الفتاة؟

قالت:

ـذهبت..

بعد الحفل وفي السيارة نظر إليها هادي في مرآة السيارة قائلًا:

- علمت أنك مريض...

قالت:
- أجل ما سمعته صحيح.. لكنني أفضل الآن.
- أين اختفيت طوال اليوم؟
باغتها السؤال فقالت:
- كنت بالمنزل.
قال باسمًا:
- هل تشعر بتحسُّنٍ الآن؟
قالت:
- بأفضل حال بالطبع أشكرك.

قال هادي بلهفة:
- أخبرني كيف سارت الأمور؟ هل تحدثت معها؟
- هذا رقم هاتفها.
- أنت مدهشٌ يا رجل..
قالت بتردد وهي تلتفت إليه:
- هناك أمرٌ هام لابد أن أخبرك به
- تفضَّل؟
- الحقيقة أريد تقديم استقالتي.
- لماذا؟
- لأسبابٍ خاصة.
- لماذا؟ هل ضايقتك؟ أعطني سببًا مقنعًا.
نظرت إليه لحظةً ثم ردَّت وهي تحدِّث نفسها قائلة:
"أسبابي مفزعةٌ وليست مقنعةً فقط!"
قال عندما لاحظ أنها شردت:
- مازلت أنتظر؟

أشاحت بوجهها بعيدًا عنه وهي تقول للسائق:
- أنزلني هنا.
وهبطت من السيارة وهي تسير مبتعدةً عنها.
لحق بها هادي قائلاً:
- وائل!.
توقفت قائلةً بارتباك:
- هناك أمرٌ هام لابد أن تعلمه...
قال وهو يطيل النظر إليها بدهشةٍ:
- لحظة.
حدَّق بعينها بعمقٍ وشعر أن هناك شيئًا غير مفهوم، شعر أنه رأى هاتين العينين من قبل، يستحيل أن تكون هما نفس العينين.. نفس الحيرة، نفس الخجل، نفس الرغبة في الهروب، ما هذا الذي يحدث؟!
تسارعت دقات قلبها وهي تقول:
"لابد أنه كشفني!!"
قالت:
- ما الأمر؟
انتشله صوت حارسه من حيرته فقال متداركًا:
- لا تقل أنك تضايقت لأني طلبت منك التودد للفتاة؟
قالت بضيق:
- سيدي، لدي أسبابي الخاصة، أعفني من الإجابة.
قال وهو يربت على كتفها بقوة:
- هيا يا رجل بلا مزاح سخيفٍ، لا أريد أن أسمعك تقول هذا الكلام مرةً أخرى.. ثم كيف طاوعك قلبك على اتخاذ هذا القرار في الوقت الذي أشعر بسعادةٍ لا مثيل لها؟!..

- أنت محقٌّ، لقد شارفت على الوصول لهدفك لديك رقمها؟

- لا أقصد ذلك، قابلت اليوم فتاة.. مختلفة كليًا عن كل من قابلتهم.

قالت باهتمامٍ وقلبها يخفق بقوة:

ـأحقًا، أين؟

قال وهو يسير معها:

ـسأقصُّ عليكَ كلَّ ماحدث.

استمعت إليه وقلبها يرقص طربًا، لقد أُعجب بها دون أن تنتبه، حاولت التماسك والتظاهر بالتماسك قائلة:

- لكن ما تقوله شيءٌ عادي.

قال وهو يتطلع للسماء:

ـلكن الفتاة مدهشةٌ حقًا، بها شيءٌ مختلف.. نظراتها، ارتباكها، خجلها، بها شيءٌ جذابٌ ساحر.

قالت وهي تشعر بالسعادة:

ـربما لأنك تشعر أنك رأيتها من قبل.

مط شفتيه قائلًا:

ـربما

ثم تابع قائلًا بجدية:

- والآن أخبرني، لماذا تريد ترك العمل معي؟

تنهدت بقوة هامسة:

ـلم أعد أتحمَّل!

نظر إليها بدهشةٍ شديدة قائلًا:

ـ عفوًا هل قلت شيئًا؟!

قالت: لا، لا

ثم تابعت قائلة:
-ماذا عن الأخرى صاحبة الرقم؟
تنهد وهو يتطلع للسماء بحيرةٍ:
-لست أدري!
قالت بضيقٍ:
-سيدي، مشاعر الآخرين ليست لعبة.
-    ما بك يا رجل.. أرى أنكَ لستَ على ما يرام اليوم؟
شردت وهي تتذكر الضغوط التي تقع على عاتقها من رئيسها في العمل وإعجابها به كشخصٍ بعيدًا عن الأضواء، والمجهود المضاعف الذي تبذله للموازنة بين مشاعرها الشخصية وعملها، وغضبها من موقف الفتاة اليوم، وتأنيب الضمير الذي لا يفارقها كلما نظرت لوجه هادي ليقينها أنها تخدعه ..
انتزعها من شرودها صوت هادي وهو يقول:
-    أين ذهبت؟
-    لا شيء أنا بخير..
اقترب منها وهو يحدق في عينيها بدهشةٍ وحيرة ولسان حاله ينطق بما يجول في خاطره..
- ماذا تخفي عني؟ لماذا تتجنب النظر إليَّ؟ لماذا أشعر أنك مرتبكٌ كلما اقتربت منك يا رجل؟ ما الأمر؟

قاطعته بجديةٍ وحسم قائلة وهي تشيح بنظرها بعيدًا عنه:
- سيدي هل ثمَّة مشكلةٍ ما؟
تنهد بحيرة قائلًا:
-لا شيء، هيا بنا.
سبقته للسيارة ووقفت وهي تفتح له الباب، ركب السيارة وهو ينظر إليها مندهشًا..

وفي السيارة كان يحدِّق بها في مرآة السيارة وهي تحاول التماسك وبدأ الخوف يتسلل لقلبها متسائلةً:
"هل تعرَّف عليَّ؟"

أخبرت نورا بشكوكها، وأنَّ هادي بدأ يشك بها، حاولت نورا طمأنتها دون جدوى، أخبرتها والدتها بأنهم مدعوون لحفل زواج ابنة عمها، حاولت الاعتذار لكن والدتها أصرَّت على حضورها، حاولت التهرُّب بحججٍ كثيرة دون جدوى، حضورها الحفل يتعارض تمامًا مع عملها السري مع هادي، و الصدمة الأكبر كانت عندما علمت أنَّ هادي له حفلٌ في نفس الفندق لذا قررت الحضور لمدةٍ بسيطة مع العائلة ثم التسلل لعملها مع هادي، فشلت كل محاولات الاعتذار عن الحضور هي وعمرو، أخبرت والدتها أنها ستحضر بالطبع لكنها ستنصرف مبكرًا لارتباطهم مع مناسبةٍ أخرى وأنها ستكون برفقة عمرو.. اعترضت والدتها كثيرًا لكنها وافقت على مضضٍ في النهاية.
في الحفل توجهت لمار لمصافحة العروسين، كانت تشعر بالضجر؛ أينما ذهبت تلاحقها نظرات الإعجاب، كانت تخشى أن يتعرَّف عليها أحدٌ خاصة وأن هادي على وشك القدوم، بدأ الحفل، استطاعت التسلل لخارج القاعة دون ملاحقة الأقارب الذين انتهزوا فرصةً لتجمعهم وطلبوا منها تصويرهم أو التقاط الصور معهم، ووقفت خارج القاعة وهي تحدِّث نورا قائلةً:
ـيا عزيزتي أشعر بالملل من هذه الأجواء
قالت نورا:
ـتحمَّلي لأنَّ والدتك عنيدة، ندعو الله أن يمرَّ الحفل على خير.
قالت لمار وهي تتمشى في الرواق الفاصل للقاعات:
ـأعلم؛ لهذا جئت حتى لا...

وبترت عبارتها واتسعت عيناها بدهشةٍ عندما وجدت هادي يقترب منها قائلًا:
ـ مهلًا..
هتفت:
ـتبًا.. وداعًا وداعًا!!
وأغلقت الهاتف وهرولت مغادرةً المكان.

لحق بها هادي قائلاً:
ـ لحظة أرجوكِ
التفتت إليه بارتباك، قال وهو يمدُّ يده مصافحًا إياها:
ـصدفة رائعة!
نظرت إليه بارتباكٍ قائلةً:
ـفرصة جميلة بالفعل!..
وهمت بالانصراف، قال وهو يقف أمامها مانعًا إياها من المرور:
ـ ليس قبل أن نتحدَّث !
تنهدت قائلةً وهي تتلفت حولها:
ـتفضل
هو بعذوبةٍ:
ـلماذا تهربين ؟
ـ ولماذا أهرب؟
ـ لماذا تفرِّين مني كلما تقابلنا؟
قالت عندما رأت عمرو يراقب ما يحدث:
ـلا شيء..أنا فقط في عجلةٍ من أمري..
قال بدهشة محدثًا نفسه:

" ما هذا الذي يحدث؟ الآخرون يتمنون لحظة معكَ وهذه تهرب منك! تُرى ما قصتها؟ أم تراها مجنونةً أخرى ممن نقابلهن يوميًا؟!".
انتشلته من شروده وهي تقول:
- تشرفت بك..
أوقفها قائلًا:
-مهلاً.. أنا أعرفك من مكانٍ ما.. هل أنت متأكدةٌ أننا لم نتقابل سوى في المطعم؟
آلمتها حيرته فقالت بتردد:
- أنا..
وركضت مغادرةً المكان متوجهةً للداخل وجلست على المقعد، بعد لحظاتٍ انضم إليها عمرو
-	ما الأمر؟
-	سئمت الكذب.
-	اهدئي، ألم تكن تلك رغبتك؟ تحمَّلي مازلنا في البداية، أعلم أنك تحترقين لكن هذه ضريبة العمل الصحفي..
انسحبت من الحفل بهدوءٍ وتوجهت لممارسة عملها بجوار هادي..
أثناء تواجدها في الحفل برفقة هادي فوجئت بوالدتها تقف بين المتفرجين، عندما علمت بوجوده في المكان توارت عن الأنظار وهي تلتقط أنفاسها...
وبعد الحفل وأثناء سيرها برفقة هادي فوجئت بوالدتها تبرز أمامهما وهي تصافح هادي قائلةً:
- ابنتي معجبةٌ بك كثيرًا كانت هنا منذ قليل..

اختبأت هي خلفه وهي تتجاهل النظر تجاه أمها في حين لاحظ هادي أنها تسير بمحاذاته حتى لا تظهر، نظر إليها لحظة ثم تابع حديثة بلباقةٍ حتى اقتربوا من السيارة قفزت لمار بداخلها وهادي من بعدها، كانت تخفي وجهها بيدها، تحركت السيارة، ألقت نظرةً في مرآة السيارة فوجدت أمها تقف مذهولةً وهي تحدق فيها في المرآة.

تسارعت دقات قلبها وهي تقول:

"تعرَّفت عليَّ!"

- أصبحتَ غريب الأطوار مؤخرًا
- كيف؟
- أصبحتَ غير منتظم في مواعيدك وتصرفاتك غريبة!
- أعتذر.. أعدك أن أعيد تنظيم وقتي.

قال فجأة:

ـلقد قابلتها؟

- فتاة الحفلات، أين؟ لم أرها

قال هادي بسعادة:

ـلا، فتاة المطعم..

- آه تذكَّرت
- حاولتِ الفرار كالمعتاد لكني لم أمهلها الفرصة؟
- ممتاز
- لم أستطع أن أتحدث معها، أو يمكنك أن تقول أنني لم أجد ما أتحدث معها فيه؟
- لماذا؟
- لست أدري، ارتبكتُ وهرب الكلام مني..

قالت باسمة:

ـغنِّ إذن!.

نظر إليها بامتنان قائلًا:
- كيف لم يخطر ببالي هذا الحل؟!.
- جرِّب
- بالمناسبة، سأقابل غدًا فتاة الحفلات تحدثت معها في الهاتف، تريد أن تراني بمفردي عند أهرامات الجيزة.

قالت بدهشة:
ـلماذا؟!

- تريد أن تصطحبني في جولةٍ خاصة في المسرح المكشوف.
- وهل ستذهب؟!

قال بتردد:
ـلست أدري؟ ما رأيك؟

- اذهب يا سيدي، إنها فتاةٌ معجبة من مئات المعجبات بك، ولا تمثل أدنى خطر عليك، من يحب لا يؤذي، ثم إننا أجرينا تحرياتنا عنها.

قال بتردد: هل تعتقد ذلك؟

إذا أردت أن أرافقك ليس لدي مانع

- ما هذا وهل كنت ستتركني أذهب دون حراسة؟
- اعتقدتُ أنَّ الميعاد خاصٌ
- تعلم ليس لدي أية مواعيد خاصة أو خفية، أريد أن أعرف مَن هي ولماذا تفعل ما تفعل كل حفل؟.
- الفضول إذن هو سبب اللقاء لا شيءَ آخر.
- بالطبع يا رجل، الفترة القادمة سأكرِّس بحثي عن فتاة المطعم وأعلم كيف سأصل إليها..
- كيف؟

- عن طريق النادي، سوف أبدأ من هناك، حتمًا يعلمون مَن هم الأعضاء.
- تفكِّر بشكلٍ سريع يا سيدي، يروقني هذا، حسنًا سأمرُّ عليك غدًا للذهاب معك.

تجنبت المواجهة مع والدتها هذه الليلة تمامًا؛ وتسللت مبكرًا من المنزل، ذهبت برفقة هادي للمكان المُتفق عليه، فوجئت الفتاة بوجود الحراسة قالت متسائلةً:
- أنت لا تخرج إلا برفقتهم!

قال هادي وهو يصافحها:
ـ وهل يضايقك وجودهم؟!

قالت الفتاة:
ـ لا، تابعتهم لمار وهي تسير على مقربةٍ منهما، أوقفها هادي مشيرًا بيده أن توقَّفوا، لا تتبعوني..

راقبتهم لمار وهي تتأمل الفتاة عن قربٍ وفي وضح النهار، الفتاة في منتصف العشرينات، بيضاء البشرة سوداء الشعر تتركه ينسدل على كتفيها بلا تصفيف، زادها عشوائية خصلاته جمالًا.. تضع القليل من مساحيق التجميل، لها فُم منمنمٌ وأنف أفطس، وعينان سوداوان، وجسدٌ متناسق، تنهدت لمار بحزنٍ والغيرة تدبُّ في أوصالها..

''الفتاة تفوز، اعترفي بذلك، فهي جميلةٌ، ثريةٌ، من عائلة كبيرة لا تتحرك إلا بحراساتٍ خاصةٍ!''.

توقفت أمام هذه الجملة هاتفه بصوتٍ مسموع:
ـ الحراسات! أين هم؟ هل جاءت دونهم؟!

وألقت نظرةً سريعة على المكان، لم تجد غير أخيها والسائق وهما يتحدثان بالقرب من السيارة؛ في حين سار هادي برفقة الفتاة وابتعدوا عن السيارة تمامًا وأخذوا يتمشون على مهلٍ،

والتفوا خلف تلةٍ رملية تبعد عن مكان توقفهم بما يقارب العشرة أمتار أو ما يزيد، ووقفت لمار بالقرب من عمرو قائلةً بضيق:

- ما هذا المكان المريب؟ لا توجد هنا أية مناطق أثرية قريبة؟

- تعجبت أيضا من اختيارهم لهذه البقعة، هؤلاء الفنانون اختياراتهم مفاجئة وغير متوقعة!

تابعت وهي تتنهد بضيق:

- لستُ أدري إلى متى سأتحمل هذا الوضع؟ سئمتُ الحياة المزدوجة التي أعيشها، أشعر بالإرهاق والضغط.

- حسنًا، حددي ماذا تريدين واتخذي قرارك، أعتقد يكفي ما عايشتِه معه عن قربٍ لإنجاز عملك، كلما اتخذت قرارك بالتوقف مبكرًا كلما كان أسهل عليك.

- هذا ما اعتزمت القيام به

- ما سرُّ هذا التغيير؟

قالت وهي تنظر إلى هادي الذي اختفى برفقة الفتاة:

- عدَّة أسباب

أولًا:

- اكتشفت أن هادي شخصية جميلة لا تستحق أن أخدعها على هذا النحو من أجل تحقيق سبقٍ صحفي، ثانيًا: أتعرَّض لضغطٍ من رئيسي الذي يتوقع مني تقاريرَ نارية حتى ولو كانت كاذبة، وهذا ضد مبادئي، وظيفتي نقل الحقيقة ورصد الواقع لا تزييف الحقائق وفبركة الأخبار، ثالثًا: أشعر بتأنيب ضميرٍ شديد، لا أجد مبررًا معقولاً له.. تارةً أشعر أنَّ هادي ينجذب لي

من خلال حديثه عني وعن حادثة المطعم؛ وتارة يتحدث باهتمامٍ عن تلك الفتاة فيزعجني هذا؟!

أنا نفسي لا أعلم ماذا أفعل، هل حقًا أحبه كفنانٍ فقط أم كشخصٍ مختلف طالما حلمت بوجوده وتمنيت لقاءه؟!

- أأخبرك لماذا تشعرين بكل هذه الحَيرة؟

- لماذا؟

- لأنك تحبين هادي.

- أحبه كفنانٍ وليس كشريك حياة..

- لمار، واجهي نفسك أولا وحددي ماذا تريدين

تنهدت بضيق وهي تتلفت حولها قائلة:

ـأين هما؟

ألقى عمرو نظرةً سريعة على المكان لم يجد لهما أثَرًا..

في حين التفت هي حول التبة فوجدت هادي يقف أمام الفتاة ويبدو على وجهه الانزعاج، أشار لها فاقتربت منه بسرعة ثم قالت بقلق:

- ما هذا؟ هناك شيءٌ ما خطأ..

كان هادي يقف قبالة الفتاة ويبدو على وجهه الانزعاج، قالت الفتاة:

ـلم أكن أتوقع أن لقاءنا سيتم بهذه السرعة؟

زفر هادي بضيقٍ قائلًا:

ـوها قد أتيت؟ ألن تخبريني من أنتِ؟ ولماذا ألححتِ على اللقاء؟

ابتسمت الفتاة بهدوءٍ قائلةً:

ـسأخبرك بالطبع.

غافلت عمرو وتوجهت إليهما عدوًا، تابعها عمرو من بعيد..
أسرعت الخطى متوجهةً لهادي، اقتربت منه قائلةً:
- سيدي هل الأمور تسير على ما يرام؟
- اطمئن يا وائل.
وأشار لها بالتوقف..
توقفت لمار عن الاقتراب منه ثم قالت:
- حسنًا.. لماذا لا تنضمون إلينا؟ أعددنا لكما رحلة بالجمال.
نظرت إليها الفتاة قائلةً:
-اقترب أيها الوسيم..
اقتربت منها لمار وهي تنقل نظرها بين هادي الذي يبدو متوترًا.
- سيدي.. هل كل شيء على ما يرام؟
وتوقفت أمامه، نظر إلى بقعة الضوء الحمراء المرتكزة على صدرها بهلع محاولًا تنبيهها.
يبدو أن أحدهم يصوّب سلاحه علي صدرها من على بعدٍ دون أن تنتبه، وقفت حائلًا أمامه موجهةً كلامها للفتاة قائلة:
- سيدتي!!
ألقت نظرة سريعة على المكان، لم ترَ شيئًا، قالت مكررةً بتساؤل:
- سيدتي، ماذا يحدث؟
قالت الفتاة بغضبٍ وعصبية:
- ابتلع الطُعم وآن الأوان أن يدفع ثمن خطئه؟
نظرت لمار إليها ثم قالت:
-من تقصدين؟

راقب عمرو الموقف عن بعد وبدأ القلق يتسلل إليه، يخشى أن تُصاب شقيقته بمكروهٍ أو يمسّ هادي سوءٌ.. اقترب منهم وهو يصيح مناديًا قائلًا:

- وائل، هل كل شيء على ما يرام؟

أشارت له قائلةً:

-اطمئن.

ثم التفت للفتاة قائلةً بجدية:

- ماذا هناك؟

قالت الفتاة بعصبيةٍ:

-من الجيد أنَّك أبعدته، أريد أن تشهد أيها الوسيم هذه النهاية المختلفة لقصتنا الأبدية!

نظر إليها هادي قائلًا بقلق:

- لا أعلم عمَّ تتحدث!

في حين التفتت إلى هادي بتساؤل:

- أيَّة قصة؟

تابعت الفتاة بمزيدٍ من الإصرار قائلة:

- ما لا تعرفه عني، أنني ابنة الفنان الذي تكنُّ له كلَّ هذا العداء!

اتسعت عينا لمار وهي تنظر إليهما بدهشةٍ في حين اتسعت عينا هادي قائلًا:

-مستحيل!

هتفت لمار قائلةً بجدية:

-مستحيل لقد بحثت وراءكِ جيدًا!

قالت الفتاة بثقةٍ:

-أعلم أيها الوسيم، خططت لكل شيءٍ من البداية وأخرجت مسدسها وهي تصوبه لصدر هادي.

وقفت لمار بينهما قائلة:
- لابد أن تقتليني أولًا
صرخ هادي بغضب:
- ما بكِ أنت مجنونة؟ هل قتلي سيجعل والدك ملك الأغنية؟
قالت الفتاة:
- أبي ملك الأغنية بشهادة التاريخ.
قالت لمار وهي تصوب مسدسها لصدر الفتاة:
- ألقي مسدسك!
- اطمئن أيها الوسيم، الطلقة الأولى دائمًا لا تميت، تتسبب فقط حالة شللٍ مؤقت لرجال الحراسات، قمنا بصنعها خصيصًا لرجال الحراسات، حضّرها أبي بيديه بتعويذةٍ سحرية سفلية بمعاونة أمهر السحرة، وداعًا أيها الوسيم، يحزنني أن تكون أول ضحايا حراسات هادي!.
وأطلقت الرصاصة التي استقرت في صدر لمار، التي ارتدّت للخلف بعنفٍ وسقطت على الأرض.. تردّد دوي الرصاص في المكان فهرول عمرو والسائق تجاه مصدر الصوت.. ألقى هادي نظرةً على وائل بجزع ثم هتف هادي:
- ما هذا الذي فعلتِ أيتها المجنونة؟.
صوبت الفتاة المسدس تجاهه قائلةً:
- أنا مجرد جندي أؤدي مهامي
وهمت بالتصويب تجاه هادي لكنها سمعت لمار تقول:
- توقفي
نظرت إليها الفتاة قائلة بدهشة:
- مستحيل، صنعها أبي خصيصًا للقضاء على رجال الحراسات.
أطلقت لمار رصاصةً على ساق الفتاة وهي تقول:

- ومن قال أني رجل؟!
ونزعت الشعر المستعار من على رأسها.. تهاوت الفتاة على الأرض وقفز عليها هادي راكلًا يدها مطيحًا بالمسدس بعيدًا بعد أن تغلَّب على دهشته التي لم تستغرق بضع ثوانٍ..
في حين قالت الفتاة بغضبٍ وهيستريا:
-لا..مستحيل، للمرة الثانية التي تنجو فيها من الموت..
وأخذت تصرخ بهستريا:
-أنا جنديٌ فاشل.. سامحني يا أبي..
وانهارت باكية.
اقتادوها للسيارة مكبلة الأيدي وهم يقولون:
- مجنونة!
تجمَّد هادي في مكانه وهو يراقب عمرو وهو يطمئن على أخته.. اقتربت منه وهي تنزع باقي تنكرها قائلةً:
-آسفة..
حدق بها هادي لحظة:
-لماذا؟
أطرقت برأسها بحزنٍ دون أن تجيب.
****

بعد عدة أشهر..

تلقت دعوة لحضور حفلٍ خيري في مستشفى مستشفى سرطان الأطفال، ذهبت بعد إلحاحٍ شديد من نورا وعمرو اللذين تمت خطبتهما في حفلٍ عائلي بهيج منذ أشهر. أحيا الحفل في جزءه الأول أشهر الفنانين المصريين الشباب، في منتصف الحفل خرجت لاستنشاق الهواء فوقفت تتطلع للسماء شاردةً متسائلةً:

- تُرى ماذا يفعل الآن؟
الأجواء الاحتفالية والمسرح والأضواء المتراقصة أعادت شحن ذاكرتها بحفلاتها مع هادي، فشعرت بالحنين إليه ولاحت على وجهها شبح ابتسامةٍ وهي تتذكره وهو يورّطها في الغناء على المسرح.. تنهدت بقوةٍ.. قطع شرودها صوت محببٌ لقلبها يغني وهو يقترب منها، التفت لصاحب الصوت فوجدت هادي يقف تحت ضوء القمر ينظر إليها بحُبٍّ وعتاب، ثم قال باسمًا بعذوبة:
ـأنفِذ وصية صديق

اقترب منها هامسًا:
ـمرحبًا
أطرقت برأسها بحزنٍ قائلة:
ـمرحبًا
اقترب منها أكثر وهو يرفع وجهها متأملًا عينييها بشوق قائلاً:
ـجئت لأشكرك لأنك أنقذت حياتي.

قالت بتردد:
- هذا صميم عملي يا سيدي.
- وأنا أعشق عملِك يا وائل.
ابتسمت بخجلٍ، اقترب منها وهو يلتقط يديها وهو يتحسسها برفق قائلًا:
- وأذوب من رعدة أصابعك.
أطرقت برأسها بخجل فتابع قائلًا:
ـاشتقت لحمرة خديك الخجلة أيضًا

تنهدت بقوةٍ قائلة بحزن:
ـ أنت لا تعلم شيئًا
أطرقت برأسها بخجلٍ مرةً ثانية..
قال وهو يرفع وجهها تجاهه:
ـ علمت كلَّ شيء!
ـ   لا تعلم؟
ـ   أعلم أنك إنسانة أمينة رفضتِ نشر التقرير وقدمتِ
استقالتك.
ـ   لكنك تكره الصحفيين؟!
قال وهو يقف أمامها وينظر إليها بحبٍّ:
ـ   هذا كان قبل أن أقابلك؟!
ـ   ماذا تقصد؟
قال باسمًا:
ـ   عمري ما كنت أتخيل أن أقع في حُبِّ حارسي الخاص! ومد
يده يحتضن كفيها ثم قال:
ـ أحبك يا وائل!! أقصد يا لمار فهل تتزوجين بي؟
تطلعت لعينيه بحب وهي تشبك أصابعها بأصابعه..
ـبشرطٍ واحد فقط
قال بسعادة:
ـما هو؟
قالت:
ـأن أظلَّ أمام الجميع وائل حارسك الخاص!
قال مبتهجًا:
ـأوافق بالطبع.
قالت مستدركة:
ـ لحظة.. وماذا عن حبيبتك؟

ضحك هامسًا:

ـلا توجد حبيبة، حبيبتي الوحيدة التي أتحدث عنها دومًا هي أمي، دائرتي المحدودة جدًا تعلم هذا.. تعلمين لابد من إضفاء هالةٍ من الغموض لإثارة الشغف ومتابعة الجمهور!..

هتفت:

ـ هل كنت أغار دون طائل؟!..

التقط كفيها لاثمًا إياها بحب:

ـ هذا ما يبدو..

انفجر الاثنان في الضحك متذكرين موقف المسرح عندما دعاها للغناء وهي خجلت منه..

اذكر اسم أكثر شخصية أعجبتك في هذا العدد ولماذا؟

اذكر اسم أكثر شخصية لم تعجبك في هذا العدد ولماذا؟

اقترح موضوعات تحب أن تقرأها في الأعداد القادمة لسلسلة خيوط للمغامرات.

قم بمسح هذا الكود لتراسلنا بهذه الصفحة
بعد تصويرها من خلال واتس آب الدار